ラスト ラン

角野栄子

角川文庫
18343

ラスト ラン

このとこ、朝、目を覚ますと、右の膝小僧《ひざこぞう》が妙にちりちりと痛む。ベッドから足を下ろすと、じりっ、痛みが大きくなる。

そんなわけで、買い物に行ったとき、足でも引きずっていたのかもしれない。

「あら、あなたも、おみ足がお痛みですか。私どもぐらいになりますと、どこか痛いのは仕方がありませんよね。さんざん使ってきたんですから」

スーパーのまえで、ちいさなおばあさんがたちどまって声をかけてきた。

「ところで、あなた、お幾つ？ 私はこう見えても七十になるんですよ」

この人、ぐちってるの、それとも、たんなるご挨拶《あいさつ》か、まさか……自慢かな。

私どもなんて……括《くく》って欲しくない。私だって七十四。そう変わらないけどね、そんなに気安く仲間にしないでよ。

「ええ、あと一つで、八十三になります。おかげさまでね」

こういうときはさばを読んで、景気をつけたい。

「あら、まあー、お、おわかく見えますこと！　しんじられなーい」

七十歳の女性はのけぞると、ぽとりと杖《つえ》をおとし、中学生みたいな黄色い声をあげた。

おー、いやだ、いやだ。みんないっしょに年取りましょうなんて。時は同じに流れるけどね、人はそれぞれ違うんだから、勝手に仲間にしないでよ。こう見えても年よりずっと若いっていわれてるのよ、ずっとね。持ち前の反抗心がやたらととがり出す。

家にかえって、買い物袋を床に置くやいなや、鏡のまえに飛んでいった。どうってことないじゃない。腰が曲がっているわけじゃなし、足はちょっとは痛むけど。手もとがふるえるわけじゃなし。神様のご慈悲か、老眼だから自分の顔のしわは自分でも見えない。まだまだいける。ありがたいことに独り身だし。昔は愛《いと》しい人も、この世のしがらみも、たんとあったけど、みんな、それぞれ天国と地上で、元気にやってるから、今じゃ、全くの自由な暮らし。自由だってことは、孤独だってこと。それも痛いけど、もう変えようもないでしょ。人はその人なりの生き方しか出来ないんだから。

そうはいっても、しみじみ身辺見回すと、現実はやっぱりそんなに甘くない。

ゆっくりと、少しずつなにかが私から消えていく。それは確かだ。でも人が歩む道って、いろいろあって曲がりに曲がったとしても、だんだんと細くなって、いつの間にか見えなくなってる、そういう形をしているものなのじゃないの。せめて終わりだけはおだやかに過ごしたいと柄にもなく思っているけど、生まれつきっていうのは、恐ろしい、そう思うさきから、やりたがりやの血が騒ぎ始める。ちんまり、おだやかに過ごすなんて、やっぱり、やだ、やだ。

この際欲ばってもいいのよ、どばーっと面白く……。

この夢見がち、冒険したがりぐせは、どうせ死ななきゃ直らないんだから。

そう認めてしまったら……やりたいこと……あるわ、あれ。

もう一度、バイクで思いっ切り走りたい！　風をまともに受けて、走りたい！　自分が道か、道が自分かわからなくなるような、あの不思議な一体感をあじわってみたい。

やっちゃおうかな、そうよ、私のラストラン！

思いついたらもうじっとしていられない。すぐ、すぐ乗りたい。この気持ちは、二十三で、免許を手にしたときから全く変わってない。

私はまた手提げを抱え込むと、町に引き返した。目指すは、いつも気にしていた通りのはじっこのオートバイ屋さん。待っていたように開いた自動ドアをするりと抜ける。買うなら、ボディは派手な真っ赤にしたい。しばらくごぶさただったけど、こうして見ると、オートバイって驚くほど進化をつづけている。ナビもつけられるじゃないの。走り出したら、どこへ行くかわからない私にはとってもありがたい。でもどこに行くかわからないっていうのが、本当は走りの醍醐味《だいごみ》なんだけどね。

「おばあさん、なにかお探しですか？」

つなぎ服の可愛い男の子が寄ってきた。

「百五十ccにしようか、二百五十にしようか、迷ってるの」

私はさらりっと言ってのけた。

「お孫さんへプレゼントですか？」

とたんに可愛いつなぎのおにいちゃんが、うすぎたない男に見えてきた。

「私のよ」

私は更にさらりと言ってやった。

「えっ」と、おにいちゃん、ことばが続かない。

「私じゃ、わるい？」

「で、でも、め、め、免許証は？」

「もちろん、もってるわよ。ナナハンだって乗れるのよ」

ここ五年ほど使ってないけど、身分証がわりに免許証は更新している。正直に言ってしまうと、私が免許を取った時は、自動的に、自動二輪の資格も付いてきたのだ。残念ながらナナハンには乗ったことはないけど。乗る資格はちゃんとある。更新の時に、さりげなく返納を勧められたけど、遠慮することもないと威張って持ち続けている。

「えっ、ナナハン！」

おにいちゃんはかえるがひっくり返ったような声を出した。操り人形のように、首を大きく振って、「いいなあ〜持ってるんですか〜取るの難しんすよ」

うらやましそうに私を見つめた。それから我に返って、あわてて言った。

「で、でも、無理、無理、無理っす」

なに言ってるの。オートバイだったら、お箸《はし》よりじょうずに使えるわ。ちょっと、いや大分ごぶさたはしてるけどね。五年ほど前までは、友達と清里《きよさと》の別荘によく出かけたものだった。週末になると、東京の小さな部屋と山の小屋を往復。走り出せば、空気が変わり、別の世界に連れてってくれる。その気分がたまらなかった。帰りに中央高速に乗ったとたんに、私だけ、すっ飛んで、たちまち姿が見えなくなるって、一緒に行った友達があきれていた。いくらなんでも、もう、やめて、四輪にしなさいと言われたけど、あんなハイハイ走りに乗るつもりはない。それで泣く泣く六十九のとき、山小屋ともどもバイクも手放したけど、あれがあればこんな苦労もしなくてすんだのに。

私はいったん家に帰ることにした。まともにぶつかったんでは、計画を壊される。また鏡の前に立ってみる。悔しいけど、化けないとだめだ。若い時の、黒のジョッキー帽をかぶる。昔は流行の先端だった、巨大レンズのサングラスをかける。口紅は、この際、真っ赤で行こう。みんな少しずつ旧式だけど、目じりのしわが消せないのと同じ、仕方ない。

いでたちを変えて、今度は隣町に場所を移し、ここも以前から気になっていた、小さなオートバイ屋に入っていった。小さいというのが狙い。縦、横、斜めと店中を眺め回したら、案外掃除が行き届いている。商売気、あると見た。目に飛び込んできたのは赤い『オオタ』のバイク。美しい曲線が光っている。手入れの行き届いた、サラブレッドの背中のようだ。さっそくまたがって、ハンドルなんかにぎったりして、久しぶりにうきうきする。足の痛いのなんか、もうどこかにいってしまった。

店主が小走りに出てきた。

「そのお姿、お似合いですねえ。昔はさぞかし飛ばされたんでしょうねえ」

なんで過去形なのよ。

「これは最新型ですよ。ところで……どなたが乗られるんですか？」と店主は奇妙に顔をゆがめて、せっかちに聞いた。現れたお客を失いたくないのが見え見えだ。

「ええ、孫が……」

しょうがない、この際騒ぎはさけたい。

「遠くに住んでいるので……、でも、私だって免許持ってますから、乗ろうと思えば乗れるんですよ」

「……あなたが！」

「まさか……私、そんなおてんばじゃありませんよ。孫にプレゼントするのよ」

私はくくってわらって、みせた。常識人の顔ぐらいは簡単に出来る。

「ちゃんと保険はつけさせますよ」

怪しみながらも、店主は二百五十ｃｃの、真っ赤なオオタを売ってくれた。

「お届けしましょう」

ここは突っ張ると、良くない。

「ええ、お願いします」

私はおうようにうなずいた。

「ところで、ヘルメットは、お持ちですか?」

「ないわ、そんなの」

「ないと乗れませんよ」

そうだった、すっかり忘れてた。五年前もそうでした。

「じゃ、それもつけてください」

「いろいろありますが……」

店主は奥の棚を振り向いて言った。「お孫さんのかわりにためされては……」

なんて都合がいいんでしょう。小さいお店を選んで正解、私はうきうきとはじからかぶってみた。そして、オートバイと同じ赤のフルフェースのに決めた。これなら顔のしわも隠せる。顔全部だって隠せちゃう。

名義がどうのとめんどくさい手続きの後、オートバイは、ガソリンを満タンにして、届けられた。

この際なにもかもびしっと決めたい。これから百年生きるじゃなし、お金はのこしたってしょうがない。

昔使ってたのがたしかどこかにあるはずだけど……なんて、そんなケチはこの際やめにする。

やっと憶《おぼ》えたネット販売で真っ黒な革のライダースーツを買った。スペインのブランドもの。わきにエナメル革の筋が入ってる。膝《ひざ》の所は、クッションつきだ。両方ともほおずりしたいほどしっとり、やわらかい。季節には少々合わないけど、ライドにはなんといっても革でしょう。真っ赤なカシミヤの薄手のマフラーも、プロ仕様のブーツも買った。免許とお金とその他もろもろを入れるボディサックも赤、斜めに掛けると、一昔前の郵便配達人みたいだけど、かわいい。あとは、寝袋だの、水筒だの、いろいろいろいろいろ、全部高級品、かつ小型でシンプルを通した。着替えを入れるバッグにスミレ色の軽い絹のドレスも入れる。これは私がデザインしたもの。そこそこうまくいっていたファッションデザイナーの仕事を七十で引退した時、最後のショウで披露したものだった。気にいったから売らずに取っておいたのだ。ヒール三センチのパンプスも入れた。なにが起きるかわからないものね。そして夜な夜な、人が通らないところで、テストランもちゃんとすませた。昔とった杵柄《きねづか》、勘はすぐ戻った。ライドテクは忠実なしもべのように、体の中でいつも待機していてくれたのだ。なんといとおしい。これで私のラストランの用意は出来た。いつでも出発出来る。

ところがはやる気持ちが、きゅうに戸惑い出した。で、行く先はどうするのよ。前に進みたいのはわかる。でもどっちを前にするつもり？　左？　右？　やっぱり年を取ったのだわ。漠然とでも行く当てがないと落ち着かない。正直言うと、ちょびっと不安。

その時、体のおくに隠れていた遠い過去から小さな泡がゆっくり浮き上がってきて、ふっとはじけた。

おかあさん！

引き出しから、封筒に入った小さな写真を出してみる。まわりが消えかかり、斜めの折りあとのある茶色に変色した写真。細長い木の家が写っている。二階の出窓に寄りかかって、おかっぱの女の子が座っている。手すりにのせた、細い右肘《みぎひじ》がつっぱって、子どもから、大人になりかかっている女の子特有のどこか文句を言いたげな表情をしている。写真の裏には、薄い鉛筆の文字。「岡山県、川上、北村ふみ子　十二歳」とある。岡山県とあるから、多分ここは父が教えてくれた母の生家だろう。それにふみ子は私が五歳の時死んだ母の名前なのだ。私の母の記憶は、葬式で始まり、葬式で終わっている。だから生きている母の顔を自分の目で見たという記憶も、手をつないだという記憶もない。一度ぐらい胸に抱かれた思い出が残っていてもよかったのにそれもない。この十二歳の女の子の写真がただ一つの母の姿だった。

もちろんこの家を見たこともない。写真のなかでもすでに相当古びて見えるから、過ぎた時間の長さを考えると、この家がこの町にまだあるとも思えない。でも、もしあれば、その場所に立って、深呼吸の一つもしてみるのもいいかもしれない。

母の死後、一年数ヶ月で父は再婚をした。小さな私と妹を抱えて、大急ぎの再婚だったと父は言っていた。その時は取り残されたようで寂しかった。夕方になるとよく布団をかぶって涙をかくしたもの。でも、三年ほど前から始まった戦争が急に激しくなり、父も出征し、あくる年の三月十日の大空襲で家全焼と、私の周囲は嘆く暇もないほど、目まぐるしく変わっていった。なにが起きるかわからない時代だった。母の写真は新しい母への遠慮からか、小さい子ども達への配慮か、おおかたどこかにかたづけられ、それも空襲ですべて焼けてしまった。でも焼ける前に物置の隅に取り残されていた針箱の底から、偶然に私はこの写真を見つけた。まだ字も読めなかった私は、それがだれのものかも定かでなかったはずなのに、妙に心がひかれ、自分の引き出しの底に入れ、父にも妹にも内緒にして、ときどき出しては眺めていた。その写真は私の荷物に入れられ、疎開先に運ばれたはずなのに、戦後の引っ越し続きの間に、どこかに行ってしまった。なくしてしまったことさえ私は忘れていた。それがつい四年前に、私が仕事をやめ、まったく自由になると、どうせならのこりの時間は生まれ故郷の深川《ふかがわ》で暮らそうと、以前家があった近くに、貸家を見つけて、越してきた。その引っ越し荷物のなかのノートの間にぺったんとくっついていたのが、この写真だった。あらためて、裏の文字を読み、その意味を思い出した。これはちょっとした感激だった。でも、母と呼ぶには、十二歳のこの姿は、あまりにも若すぎる。七十をこしてしまった娘は、なにやら妙な気持ちになった。

母の生涯は三十年足らず。私に比べたら、半分もない。短い命だった。さぞかし心残りがたくさんあっただろう。五歳だった私もそれなりに大変だった。この歳になっても、自分の居所がないような不安と、何かが欠けているような気持ちから抜けられないでいる。そう思うと、この場所に出かけていくのも、自己満足としても、意味がありそうに思える。それに私の母はどんな人だったのだろう。あれこれ思いながら走るのも、旅の道連れみたいでいい。

では、ここをとりあえずラストランのとっかかりにしよう。

旅の準備が出来たら、家をきれいに掃除をした。玄関には、「ちょっとそこまで旅行中」という張り紙を出した。「孤独死」なんて、余計な心配されたら困る。

夏の初めの天気のいい日を選んで、門前仲町《もんぜんなかちょう》の家を出る。まずナビを「岡山県 川上」にセットして、走り出す。江戸から、西へ、そして更に西へ……エンジンは気持ち良い音をあげる。ガソリンの匂いも懐かしい。一気に時間が昔にもどっていく気分だ。

ありがたいことに、年はだてに取ってはいない。危ないことは、びびっと感じる。でも用心にこしたことはない。反射神経も、動体視力も衰えているだろうから、速度は七十キロ、追い越しは禁止と決める。年寄りのバイク乗りはせめて可愛く走らなければね。昔は百二十キロのイコさんなんって呼ばれたけど、今は競走したってしょうがない。それにだれと競走するのよ、全く。

国道一号線を西に走る。はじめに五十ccのバイクで走った時は、この日本の最重要道路の半分ほどが砂利道で、横滑りに気を遣ったものだ。今は、四車線で、コンクリートの道。久しぶりのライドは快適。このわくわく感は昔とちっとも変わらない、気持ちは二十代のまま、スピードに乗って、私は小娘みたいに肩をいからせ、腰を浮かしたり、でも横をすぎていく風景は激変している。そういえば、ファーストランのときは、どうだったのだろう。多分だれかを後ろに乗せていた。だれだったたっけ……うふふ。あれこれ懐かしい顔が浮かぶ。でも、もうやめた。走りながら思い出に浸り、しみじみするなんて……そうです。前を見ましょう。

風は体にぴったとあった革ジャンの隙間をみつけては、入り込み、通り過ぎていく。そのスリルめいた冷たさはたまらない。鼻歌が出てくる。ダンス、ダンス、ダンス、タ、タ、タ……。なんとも楽しい。進むにつれて、今、何時？　ここはどこ？　の感覚がなくなっていく。暗くなれば、人気のないキャンプ場を探して、即寝袋のなかへ。お腹がすけば、超便利なコンビニあり。疲れれば、早めに切り上げて、豪華ホテルか、高級温泉宿で、お風呂《ふろ》に、ディナーに、ふかふかベッドで過ごす。気に入れば連泊だってＯＫ。……背筋をのばして、足が曲がらないように気をつけて、しゃかしゃか歩けば、気にしてくれる人なんていない。自由なもんよ。

走り続ける。

バイクに体をあずけてゆらしながら走る。目を下に向けると、固いコンクリートの道が後ろに走っていく。さーさーと音を立て、進んでいるような、戻っているような不思議な感覚だ。

「岡山は　ももたろうさんの　生まれた所だ」

父はこの昔話をとてもひいきにしていた。とくに桃が流れてくるところは、「どんぶらこっこう　すこっこう」と一段と声たかく読み上げたものだった。父にとっても、二十代はじめに母と出会った岡山はお気に入りの土地だったのだろう。

走っては、止まり、走っては、止まる。何にも縛られずに気ままに走る。峠の見晴台などで、休んでいると、「かっこいい！」と言ってくれる若者がたまにいる。でも多くはちょっと見て、スタイルと顔の落差におどろき、へんなこと言われるんじゃないかと、目をそらす。へんなことって、時には体中の細胞をぴりりっとふるわせ、生き返らせてくれるのよ、なんてちょっと偉ぶりたくなったりする。

神戸を過ぎた頃から少し不安になってきた。岡山、川上だけ頭に入れ、うかつにも住所を調べずに飛び出してしまった。私の好奇心は、いつもそそっかしい。あの家はもうないかもしれない！　あの家があったことを知る人も、もういないかもしれない……としたら……。まあ、いいや、こんな変化の速い世の中だもの、残っていると期待する方がおかしい。あの場所に行くことが、だいじ。

それだけで十分だ。これは私の勝手なラストランなのだから。

バイクのナビは確実に岡山に近づいたことを示している。川上は岡山県の南東に当たる。吉井川《よしい》にそっている町なのだ。やがて「川上」という標識がでてきた。大きな橋がかかっている。橋の脇の雑貨屋さんにバイクをとめて、入っていった。

「とっても昔のことをおたずねするんですが、この辺に、北村さんというお宅があったの、ご存知ありませんか？」

そこの主人は、ヘルメットをとった私の顔をいっときぼーぜんと見ていた。

「はあー」と言って、あとの言葉が続かない。

「ふるい、ふるい、話で……申しわけないですね。昭和の初め頃にはあったはずなんです」

「じゃったら、川のむこうじゃないんかな。古い町はあっちじゃから。橋をわたって、左の方に行って、そこらでもう一度、お、おききになったらどうです」

その人は早口に言った。まだ驚いている表情がきえない。

私は走り続け、小さな家が立て込んでいる四つ角でとまり、まわりを見回した。そして、「実母散」なんって、古いホウロウ製の看板をかけてる、薬屋さんに入っていった。

「ああ、北村さんのうちね……まだありますよ。二十年ほど前に、おばあちゃんがなくなって、そのあとすぐ養子さんも死なれて、娘さんが一人津山《つやま》のほうにお住まいじゃと聞いとりますけど……残念ですねえ。お知り合いだったんでしょ。今は、持ち主が変わってしもうて。その角をまがって、川の方に行ったとこです。古い家じゃからすぐわかりますよ」

薬屋さんのおくさんは、なんでもないことのように、あっさりと言った。

まだあるんだ！

二十年前まで、そこには母と同じ姓を名乗る人がいたなんて、考えたこともなかった。母が死んだ時点で、そして父が再婚した時点で、この川上は、私には、縁のないものになっていた。

私はバイクを引きずって、よろよろと角をまがり、川とはどっちのほうかと、目を上げると、すぐ前にその家があった。あの写真のままの姿で、少しかしいで立っている。

永い年月を超えてすっかり油っ気のなくなった板の壁だけが続く、細長い二階屋だった。同じ間隔で小さな窓が並んでいる。見上げると、二階も同じ形に窓が並び、そのどれにも、写真で母が座って肘《ひじ》をかけていた手すりが付いていた。

後ろの方に回ると、すぐ目のまえに壁のように堤防がそびえている。バイクを止め、ヘルメットを抱えて、少し上り、背伸びする。川が見えた。これが吉井川か。豊かな水が音もなく流れている。堤防を歩く人のすがたは見えない。まわりはしーんとして、猫いっぴきすら、うごくものの気配がない。コンクリートでかためられた、草もまばらな、無機質な石の堤防。そのむこうには堂々とした川の流れ、そして枯れ木のような古い家。この三つがまったく調和もなく並んでいる。幾分感傷的になっていた気持ちがさっとひいていった。母のふるさとはやっぱり時間のなかに消えかけていた。

今来た四つ角の方から、車の走る音がしきりに聞こえてくる。振りかえって通りの町並みを見る。色の付いた壁、サッシュの窓や入り口。看板、ポスター、閉められたシャッター、そばにブルーのゴミバケツが固まって並んでいる。そこにはどこにでもあるほこりっぽい地方の町の、今の時代がのろのろと動いていた。ささくれだった古い木の家は、孤独に立っていた。家の川側には、土ぼこりにまみれた大きな引き戸があり、かたくしまっている。正面にもどって、見ると、表札もない。そばにひしゃげた段ボールが壁によりかかり、まわりに草がちょぼちょぼと生えている。だれも住んでいないのだろうか。

こまかく木の格子でくぎられている、窓のガラスは、年代物らしく波打っていて、そとの景色をゆがめて映していた。私はその一つをのぞいた。中は暗く、よく見えない。両手を額にかざして、ガラスに顔を押しつける。部屋はほの暗く小さく、そのむこうに、ガラス戸があり、そのまたむこうに庭が見える。松の木、梅の木らしいもの、いずれもここしばらく手を入れたようすもなく葉を茂らせている。でもささやかに昔の育ちの良さをのこして、古めかしく枝をくねらせていた。次の窓に移り、顔を押しつける。ここも小さな部屋だ。そして、また庭が見える。つぎつぎと動いて、一つ一つのぞいてみる。同じような部屋が中庭を囲んで、ぐるりと並んでいるらしい。みな、からっぽといってもいいほど、なにも置いてない。一つの部屋に、形の崩れた段ボールが積み重なっていた。またある部屋では折りたたまれた布団に、座布団が何枚か、放り投げたように置かれていた。それだけだった。

なかで、なにかが動いたような気がした。頼めば家のなかを見せてもらえるかもしれない。私はあわてて、表に回り、玄関らしい引き戸をたたいてみた。

「もし、もし」

しばらくまって、またたたいた。

「もし、もし」

返事はない。ガラスをこするように耳をよせても、なかからなんの音も聞こえてこない。やっぱりだれもすんでいないのだ。こんなに古い家だから、今の持ち主は倉庫代わりにでも使っているのだろう。あの、ふみ子十二歳の写真からここまでの過ぎた時間を思えば、こうして、形あるものとして見ることができるだけでも奇跡に近い。

まあ、いいか、たしかにあることは、あった。この目でちゃんと見たんだから。手でさわりもした。幻想のなかにしかいなかった母に、手触りのある風景が生まれた。

これで十分だ。

たった一つあった旅の目的は、簡単に終わってしまった。

大きく深呼吸する。それでは、まわれ右、気ままなラストランをつづけることにしよう。私は、バイクを置いた方に体を向け、歩き出した。

「あのー、ちょっと」

声がする。振りかえると、そこに、やせた女の子が立っていた。

あの写真の女の子だった。セピア色にぼけてはいない。白い顔でこっちを見ている。真昼の光の中で、目をまっすぐにむけて、嬉《うれ》しそうにわらっている。

私はあやうく倒れそうになるのを、ブーツのかかとでかろうじて止める。

おかっぱの髪がふるると揺れている。赤地に白い水玉が散った木綿のワンピースの袖《そで》がぷくんとふくれて、そこから写真と同じように細い腕がのびていた。

「もう、かえっちゃうの？」

赤い鼻緒の下駄《げた》がきくっと動いた。

「窓からのぞいてたでしょ。なにか探してるの？　二階から川を見たいの？　見せてあげようか」

なんともなれなれしい。私はと言えば、年取った胸がもう最高にばくばくしている。

「あなた……この家の人？」

やっと声が出た。

うんと細い首がまえにかしぐ。

「お名前は？」

「ふみ子っていうの。ふーちゃんって呼ばれてる。おばあさんは？」

息が乱れてきた。すがたかたちがあの写真の母とまったく同じだし、名前も母と同じなのだ。それなのに私をおばあさんと呼んだ。

「わ、私？　イコっていうのよ。かたかなで書くの。ずっとイコさんって呼ばれてる」

女の子の口調をまねて、私は言った。女の子は、ちょっと上をみて、眉《まゆ》をひそめた。あたまに引っかかっているものを、探っているような目つきだった。

「イコさん？」と、なぞって言いながら、少し顔をかしげ、続けて言った。

「そういうの今、はやってるの？」

「今？」

私は声を詰まらせた。今というからには、この人は今の人じゃないのだ。やっぱり。

「あら」と後ろで、声がした。「おわかりになったのね、良かった。ここが北村さんのうちですよ。元は宿屋さんだったんですよ」

さっき家を尋ねた薬屋のおくさんだった。買い物袋をさげている。

「この家、町の名所なんよ、くくく、あまり自慢出来る話じゃないけど。古いけんね。なんだかこの家はいつも残るんですよね。堤防作ったときも、道路拡張にも運良くはずれて。今はあまり使ってないみたいじゃけど……。良かったですね、見つかって。ご親戚《しんせき》じゃったんですか？」

「ええ、まあ」

私は隣に立ってるふーちゃんのことが気になって、うわの空で口を動かしていた。でも、どうやら薬屋さんには、ふーちゃんが見えてないらしい。ふーちゃんのほうに、目を動かすこともしない。

「じゃ、ごゆっくり」

薬屋さんはかるく腰をかがめながら、あらためて私を見て、目を丸くした。

「あら、革ジャンなんて、格好《かっこ》いいこと。お似合いで、ええですねえ」

「はあ、おかげさまで」

私はとんちんかんな答えをしていた。薬屋さんは後ろをむいて歩いていった。ふーちゃんはちゃんとそばにいた。面白そうに肩をすくめている。

「そんなに目を飛び出しておどろいたりしないの。イコさん、わかった？　あたし、見えない人なの、ゆうれいなのよ」

さらりと言う。

「でも、私には見えてるけど」

私は手をそっと伸ばしてふーちゃんを触ろうとした。でもその手は抵抗なくすーっとふーちゃんの体を通っていく。

「どうして、私には見えるのかしら」

「どうしてかなあ、あたしにもわかんない。ふしぎ、ふしぎ、どきどきしちゃうぐらい不思議。ここのうちにとっても長いことといるけど、こんなこと初めてよ。人にあたしが見えるなんて。それに人と話すなんて。あたしの言葉を聞いてもらえるなんて。ゆうれいはね、けむりみたいなものなのにさ。ものも言わずに、ふわわ〜って動くだけなのに」

ふーちゃんにも、この現象はとても不思議なことらしい。怯《おび》えたように目をやたらまばたいて、心配そうに眉をひそめてる。

「ねえ、今、流行《はや》ってるの？」

ふーちゃんはさっきと同じことを聞いた。

「名前のこと？　私、いい子だったから、イコ。山野《やまの》イコ、ふふふ」

やだ。妙にあまったれた言いかたになってる。

「ううん、名前じゃなくてさ、その洋服。すべすべで、ぺたんこで、コオロギの兵隊さんみたい」

「うー」

私は言葉に詰まった。

「どう、おかしい?」

「ううん、おもしろい」

「これはね、バイクで走るときの服なのよ」

「バイクって? ああ、わかった。むこうの町を走ってる、こがないでも走る自転車のことでしょ。うるさいやつ」

ふーちゃんは、むこうの町と言いながら、ほんのお隣さんのように指さした。でもその目は遠いところをすかし見るように、急に細くなった。

こがないでも走る自転車かあ……。

私はわきの路地に止めてある、オオタくんを、のぞいた。

「そう、これね、バイクっていうのよ」

ふーちゃんも顔をのばしてのぞいてる。

「わ、赤いのね。きれいねえ。これで走ってきたの? すごくはやいんでしょ」

「はやくすれば、はやいわよ。乗ってみたい？」

「みたいけど……いいのかなあ。のせてもらえるのかな。まさか、無理よね。でもあたしね、どっかに行かなくちゃって、ずーっと思ってるのよ。でもどこに行ったらいいかわからないのよ。思い切って、出かけてみようと思ったこともあったけど、ぐじぐじ迷ってるうちに面倒くさくなっちゃって。それにこの家が好きだし、後ろの川も好きだし、思い切りがわるいのね。いくじがないのよ」

「ゆうれいは出歩いちゃいけないの？」

「いいと思うんだけどねえ、わからない……。でも迷子にならないようにしないと、ただでさえ迷子みたいなもんなんだから」

ふーちゃんは口をゆがめた。

「あっ、呼んでる」ふーちゃんは急に、後ろを振り向いた。

「いかなくっちゃ」

「だれに？」

「おかあちゃん」

ふーちゃんは身体をちぢめて、玄関の方に足を動かした。私の頭の中が混乱してきた。ふーちゃんのおかあちゃん……⁇

「あたしがそとにでてるのが、気にいらないのかな。あの声聞くのずいぶんひさしぶりだわ」

「ねえ、ねえ、私もいっしょに行ってもいいかな？」

私は家のほうに体をむけていった。

「いいよ。でも、あたし、戸は開けられないんだ。じゃ、おばあさん、あ、イコさん、ちょっと手をつないで入ってみようか、うまくいくかな」

ふーちゃんは何でもなさそうに言うと、手をさしのべた。その実体のない手をつかむと、ふあんと軽い風のように、私を引っ張っていく。そのまま、私は難なくガラス戸を通りぬけて、家のなかに入っていった。

「大丈夫だったね」

ふーちゃんが笑った。

家のなかは、しーんとして、なんの音もしない。想像したように、まん中は細長い庭で、まわりを狭い廊下がかこんでいて、そこに小さな部屋が並んでいた。ただ川に面したところには、大きな板戸があり、となりに、広い台所、反対側には、お風呂場《ふろば》と、手洗いがある。壁は土壁と板、あとは木組みの格子ぐらいで、なんのかざりもない。空気はひんやりとして、それこそゆうれいのような家だった。廊下の壁にいつのものなのか、すすけたカレンダーとなにかの表みたいなものがさがっている。そばにすっかり茶色に変色した絵がななめにはってあった。よく見ると、色をぐるぐるとぬった、子どもがかいた女の子の絵だった。長い間つかわれていないのだろう、なにもかも埃《ほこり》の中にしずんでいる。

「あたしんち、宿屋なの。船乗りさん達が泊まる船宿なの。だから部屋が多いでしょ。二階がいいよ。あたし、あそこから川見るの好きなんだ。いつも見てるの。ときどき通る人のおしゃべりも聞こえるし」

私たちは階段を上っていった。こんな古い建物なのに、足音や、板のきしむ音がしない。私も見えない人になりかかってるのかもしれない。ふーちゃんと手をつなぐと、あの写真のように窓から体を半分乗り出した。

川が見えた。

「あーあ、ゆうれいは長生きするもんじゃないわ。こんなに川の景色が変わっちゃうなんて……。もっともっときれいだったのよ。こんな土手もなくって、ずずーと水際までいかれて、ぽちゃぽちゃって水の音がして」

ふーちゃんはむっと口を曲げてみせる。

「この家、だれも住んでないの？」

私はあえて、聞いてみた。

「うん。でもゆうれいのあたしはすんでる、ひとりよ」

「でもさっきおかあちゃんが呼んでるって」

「それはね、たまにおかあちゃんの声がきこえるのよ。おかあちゃんはあたしのこといつも気にしてるの。かわったことが起きたから、きっと心配になって呼んだのよ。でも空耳かもしれない」

「かわったことって？」

「やだ、イコさんが来たことじゃないの」

「私が？」

「そうよ、だってイコさん、あたしが見えたんでしょ。話もできたし……ゆうれいにはとってもめずらしいことよ、これ」

「その、おかあちゃんて、どこにいるの？　私も会える？」

私はどきどきしてきた。左右に顔を動かし、そっと天井のすみも見る。

「無理。あの人はまるっきり見えない人なんだ。あたしにも見えないんだから、イコさんにもむりよ。おかあちゃんはゆうれいじゃないんだから」

「じゃ、まだ生きてるの？」

「ちがう。本当に死んだひとなの。きちんと死んだ人」

「じゃ、ふ、ふーちゃんはきちんと死んでないってこと？」

もう聞きたいことがいっぱいで、口がつっかえる。

「うん、そうらしいのよ。ゆうれいなんだもの」

ふーちゃんはひょいと肩をすくめた。大変なことを話しているのに、なんともあっさりしている。拍子抜けするぐらいだ。

おかあちゃんはちゃんと死んで、自分はちゃんと死んでいないという。ふーちゃんが、私の母だとすると、七十四歳から引く五歳。六十九年間もちゃんと死ねなかったことになる。そんなにうろうろしてたなら、一回ぐらい私の前に出てきてくれても良かったのに。

「ゆうれいって、見えるのね、信じられない」

私はじっとふーちゃんを見る。

ふーちゃんは自分の身体を、ゆっくり見下ろした。

「そうらしいね。イコさんには見えたものね。でもこんなこと本当に初めてよ。あたしの声も聞こえるなんて、おどろいちゃう。ゆうれいって、ひとりぽっちのはずなのになあ。ときどきここに荷物をおきにくる人が、あたしのほうをふしぎそうに見た時あったけど。見えてないみたいだった。その時、『こんにちは』って言ってみたけど、声も聞こえないみたいだった。でも、イコさんにはちゃんと見えてるし、声も聞こえてる。こんなことって、こんなことって、本当なのかって、こわいような気持ち。でもなんかすごくうれしい」

ふーちゃんの顔がふわーっと笑った。

私は複雑な世界に入り込んだみたいだ。めったにないことが起きているらしい。

「ねえねえ、きちんと死ぬことと、きちんと死ねないってこと、もうすこしはなしてくれない？」

「わからない」

ふーちゃんは少し不機嫌になった。

「きちんとのほうはね、まったく見えなくなるのよ。でもきちんとじゃないほうはね、見えない人なんだけど、この世にまだいるの」

「どうして？」

私はぐいっと乗り出した。

「いたいからよ。どうしてもいたいからよ」

「なぜ、いたいの？」

「それはね、個人のもんだい。それぞれの秘密だと思う。あたしだってよくわかんない」

ふーちゃんは、この話はもうやめたいというふうに、ふくれっ面になった。

娘が来てるのよ、そんなに面倒くさそうにしなくってもいいじゃない。

でも、このおかあさんは十二歳なんだ。このへんなちぐはぐ感に、私の気持ちは、なんとも落ち着けようがない。

今、ふしぎなことが起きているのは間違いない。七十四歳といえば、私だって、きちんと死ねない人に相当ちかいんだから。そう思ったら、なんでもありって思えてきた。昔も、今も、同じって思えば同じ。この家が残っているんだから空間もつながってると思えば、つながってるんだから。でも、私はまた聞いてしまった。

「だけど、さっきはおかあさんの声がきこえたんでしょ」

「そとにでると、『ふーちゃん、はやくうちに帰りなさい』って、いつも呼ばれてたから、また呼んでるっておもったのかもしれない。あたし、おてんばだったから、心配するのよ。もう、おかあちゃんはいないのにね」

(この子はハハオヤの言葉をおぼえているんだ)

私はうらやましくなった。つーんと鼻の奥に痛みが走って、目がうるむ。

でもやっぱり聞きたい。

「どうしてゆうれいになるのか、おしえてよ」

「あたしだって、よくわからないのよ。とっくに死んだはずなんだけどね。でもずっとゆうれいのまま。

普通はね、死ぬと、四十九日間はゆうれいでね、その間に心残りなんかがあっても、適当におりあいつけたり、あきらめたりして、むこうの世界に行くらしいんだけど。むこうの世界ってね、とっても素敵なとこなんだって。でもね、この世にどうしても消せない心残りがあって、むこうへ行きたくない人もいるのよ。気持ちがしつっこい人なのかな……。そういう人、居残り組って言うらしい」

ふーちゃんは、自分で言いながら、体をふらふらと揺らして、

「あたしはどうやら、その、しつっこいほう。居残り組らしいのよ」と困ったような顔をした。

「それだれにきいたの？」

「さあ、だれだろ……わかんないけど……。だいたいこういうことになっているらしいの。これって昔から、きまってることなんじゃないの」

ふーちゃんはあまりものごとをきっちり考えるのは得意ではないらしい。随分いい

かげんな話だ。

「なら、ふーちゃんにも心残りがあるってことよね」

「そうなのよねー、そうだと思うわ」

「その心残りってなに？」

私は思わず前のめりになった。

「それがね、わからないのよ。生きてるときから、忘れん坊だったから……でも、あるのよ、ここらあたりに、ぐっと重いの」

ふーちゃんは胸に手をおいて、軽くたたいた。

「ときどきずきんと痛くなるの。さっきもしたわ。それで思い切って外にでてみたの。そしたらおばあさんがいたの……」

ふーちゃんは顔をゆがめて「もしかしておばあさんは、あたしの心残り……？」とさぐるように私を見て、「まさか……ちがうよね。歳がちがいすぎるものね」と小さく笑った。

えっ、歳がちがう？　それって私のセリフでしょ。

たった一つ残った母の写真を手掛かりに、はるばるここまでやって来たら、現れた母は、写真そのままの十二歳のやせっぽちの女の子だったなんて。五歳の私と二つの妹を残して、死んじゃったくせに。こっちは母のいない不安と寂しさをながーい年月、引きずって生きてきたのに。それなのにこの母は忘れちゃっただの、歳が違いすぎるだのと言う。それはないんじゃないの！

むっとしながら更に聞いてみた。

「このうちは、今、だれもすんでいないの？」

「今はいない。どうやら荷物置き場になってるらしい。前はね、あたしとおなじ北村って名字の人がいたのよ。だから多分、親戚《しんせき》……でもどこかへ行っちゃった。あたしもついて行こうかなって思ったけど、このうちから離れるのいやだったの。離れたら住所不定になっちゃいそうで……そしたら、心残りもそのまんまになっちゃいそうで」

ふーちゃんは目を寄せて、私をまじまじと見る。

「ところでさ……、ちょっとへんだけど、おばあさんのこと、これからイコちゃんって呼んでいいかな」

「いいわよ。どうしてへんなの？」

「だって、小さい子呼ぶみたいでしょ。でもおばあさんより、イコちゃんのほうが、似合ってる」

なんとも奇妙。そう、私、あなたの小さい子なの。

「どうして、イコちゃんに見えたんだろう。あたし、ゆうれいなのに」

「特別な、お客さまだからよ、きっと」

特別な、と少し強く言ってみた。

「ふーちゃんはどうしてゆうれいになったのかしらね」

「ま、死んだからでしょ」

けろっとした答えがかえってきた。

「そうじゃなくって、四十九日過ぎても、ずっとゆうれいのままなんでしょ。さっき言ったように、そういう人ってそんなにいないんでしょ？　私もゆうれいに会うのははじめて。私みたいに長くいきてれば、今までに一度ぐらいは出会っても良さそうなのに」

「そうよね、ふしぎよねえ。ゆうれいって……若くて死んじゃった人がなることがおおいらしい。そういう人はこの世に心残りがいっぱいあるからね。それが消えないでいる人は、居残りしてもいいらしいの。あたしみたいにぼーっとしたゆうれいには助かるわ。でもいくら心残りでも恨みはだめなのよ。そういう人はゆうれいって呼ばないの」

「じゃ、なんて呼ぶの？」

「知らない。怖い話にでてくる怨霊《おんりょう》って言うんじゃないの。おお、やだ。あたしは、そんなゆうれいじゃないからね。安心して。でも、自分の心残りを忘れちゃうって言うのも、ひどい話だけど……」

ふーちゃんは申し訳なさそうに、肩をすぼめた。

「だけど、年取って死んだひとでも、心残りがあるかもしれないでしょ」

ふーちゃんは上目づかいに、どこかを見ながら、口を開いた。

「そういうひとも、少しはいるかもしれないけどね。『しょうがない、これでいいことにしよう。長生きさせてもらったんだから、運命ってこういうものだ』、って、思うんじゃないの。ゆうれいも欲張ったらきりないもの」

ふーちゃんは急にわかったふうな表情をした。

「そうだとしてもよ、死んだ人はたくさんいるんだから、ゆうれいって、うじゃうじゃいるはずじゃない？」

「イコちゃん、うじゃうじゃとは、ひどいよ。ミミズじゃないんだから」

「だって……そんな話、この年になるまで聞いたこともないから」

「みんなは知らないのよ。ゆうれいっていう名前は知っていても、出会うことはまずないからね。出会っても、簡単に忘れてしまうらしいの。ゆうれいってさ、遠慮がちでさ、引きこもりでさ、自分からは動くのいやなのよ。存在がはっきりしないからね、どうも自信がなくってね。哀しい存在なのよ。今日みたいに、出会うなんて、すごーくあり得ない。でもすごーくうれしい。『ラッキーチャチャチャ』だね」

ふーちゃんは子どもっぽく、体をぴぴっと動かした。

なんで、こんな今風の言葉を知っているんだろ……、ヒキコモリとか……ラッキーチャチャチャとか……。

ゆうれいって、柳の下あたりに、陰気にさまよっているものじゃないの？

「ゆうれいは、うらめしや〜って叫んで、出てくるってきいたけど」

私はよく絵にあるように、両手をだらんとさせ、振ってみせた。

「かっこわるー！」

ふーちゃんは今どきの女の子みたいに生意気につぶやいた。

「でも、やっぱりふしぎ。イコちゃんにあたしが見えたなんてさ。うれしいけど、どうしてだろうね。あっ、もしかしたらあの赤いバイクのせいじゃない？　あれ、どこか、昆虫ににてるもん。昆虫はね、生きる時間が短いから、心残りのかたまりでしょ。だから元気なうちはやたら走り回りたいんじゃないの。あせってるんだ」

それって私のこと言ってるみたいだ。

「すごいなあ、走るのって、気持ちいいだろうなあ。ブアンブアンブアーンって、速いのだーいすき」

ふーちゃんはほっぺたをふくらませて、音を出してる。目が輝いて興奮してる。へんなゆうれい。

「ところでふーちゃんの心残りって、いったいなんなんだろうねえ」

私はしらばっくれて、またしても聞かずにはいられない。

「ずっとかんがえてはいるんだけど……それが、ぼーんやりとしてるのよ。でもね、ここ、胸の中にあたしの心残り、確かにぶらさがってる。重たいのよ。あきらめればいいんだけど、それができないのよ。早くかるくなりたいよ。でもどうしたらいいんだろう。あたし、十二だから……おかあちゃんやおとうちゃんの、ことばぐらいしか、記憶にないのよ。思い出がないっていうのは、力がないってことだわねえ。おかあちゃんのことは、とってもなつかしいけど、これは心残りとはちがうような気がするの。心残りって、もっとちゃんとしたことだと思う。あたしって、ほんとにしょうがないやつ……」

ふーちゃんは大きな溜息《ためいき》をついた。

「あたしね、窓からぼーっと外ばかり見てるって、おかあちゃんにいつも文句言われてた。でもぼーっとしてたんじゃないのよ。どこかに行きたいと思ってたの。だって川は毎日、毎日、止まらないで流れていくんだもの。あんなふうにどこか遠い所に行ってみたかった。冒険してみたかった。これが心残りなのかなあ……そうだとしたら自分のことじゃない？　ずいぶんわがままな心残りだね」

ふーちゃんは探るように、手で自分の胸のあたりをなぜている。言いかたがなんともあいらしい。

でも、「どこかに行ってみたかった」という言葉はずんと私の胸にも響いてきた。きっとどこにも行かれなかったんだ、でも、死んだ時は、この地を離れて東京にいたはず。私はそこで生まれているのだから。

ふーちゃんは目を引っくりかえるように上にむけて、なにかを考えている様子をしながら、続けて言った。

「あたし、東京に行くはずだったの。高等小学校卒業したらね。あれ、もしかしたら、行ったのかもしれない。だって、本郷《ほんごう》って町の名前おぼえているのよ。それって東京の町でしょ。そこに坂があった……。知り合いのおねえちゃんがお嫁に行った家に、いさせてもらったのかなあ……。そこから学校に行くはずだったの。やっぱり……行ったのかなあ……。その学校ね、絵の学校。あたし、絵描きになりたかったの。ううん、なるはずだったのよ……どうしてこんなこと急におもいだしたんだろう」

私はさっき見た、壁に貼ってあった子どもの絵を思い出した。すすによごれて、かろうじて色のついているのが見えたけど。

「ああ、わかった。下の壁に貼ってあった絵、ふーちゃんが小さい時、描いたのね」

「どれ?」

「カレンダーのところの」

私は廊下のむこうに首を向けた。

「あれ、あれは、ちがう。あんな下手じゃなかった」

ふーちゃんは鼻にしわを寄せ、自信ありげにふんと小さく息をつく。

「じゃ、ふーちゃんの絵はどこにあるの?」

「もう、ないと思う。どこにもないと思う。そんな気がする」

ふーちゃんは、何にもないっていうように両手をひろげてみせる。

私はふーちゃんの細い腕をつかんで、「しっかり思い出しなさいよ!」とゆすりたくなった。

私にしてみれば、ここで、「実は、残してきた娘たちが心残りで、成仏できなかったのよ」とドラマチックに打ち明けてもらいたかった。「うらめしや〜」と形だけでも、未練たらたらに。じぶじぶーっと涙ぐらい見せて欲しかった。それが、まあ、コオロギの兵隊と言ってみたり、赤いバイクにはしゃいでみたりして。あいにくお天気まで晴天、夏の初めのきれいな空色をしている。なんだか訳もなく私は不満になっていた。

目をあげると、ふーちゃんは、首をまげて、笑ってる。その頓着《とんちゃく》ない顔を見て、はっと気がついた。もしかすると、ゆうれいって、出会った人の記憶にある姿で現れるのではないか……。私には写真のなかの十二歳のハハオヤの記憶しかないから、こういうことになってしまったのかもしれない。とすると、言い換えれば、ここにいるのは十二歳までの記憶しかないふーちゃんなのだ。まだ自分のむすめ、つまり私と出会うはるか前のふーちゃんということになる。

私は一歩乗り出した。あの写真を見せればすべて解決する。

でも私は動きを止めふーちゃんを見るだけにした。もしそんなことをしたら、とたんにすべてが終わってしまいそうな気がする。心残りの元がこんなおばあさんまで生きて、おまけにまだおてんばやってるなんて知ったら、安心して、さっさとむこうの世界に行ってしまうかもしれない。そこで総《すべ》て終わりだ。私はもう少しこの可愛い女の子のそばにくっついていたかった。

「ねえ、中庭の松にのぼらない？」

ふーちゃんは階段を足早に降りて、私の手を引くと、ガラス戸を抜けていく。庭に出ると、すぐ枝に飛びつき、片足をかけると、もう一段上の枝に腰をのせた。

「ねえ、イコちゃん、できる？　下の枝ならこわくないよ」

私は、小学生の時の鉄棒を思い出しながら、飛びつくと、しがみつくようにして、枝に腰掛けた。

「うまい、うまい」

それを見て、ふーちゃんは手を叩《たた》いている。

「ふーちゃん、いつもこの木に登ってたの？」

「うん、ここに逃げてた」

「にげてた？」

「だってお手伝いきらいなんだもん。お客さんに晩ご飯を運ぶのいやなの。でも、見つかったら大変。枝がおれたらどうすんだあ。松の木は宿屋の命だって……、おかあちゃんが怒鳴るの。家はおとうちゃんより、おかあちゃんの方が強かったからね。おとうちゃんは鉄道をつくるので、この町に視察に来たんだけど、できあがった後は、おかあちゃんと宿屋の仕事してたの。それがさ、とんでもない『夢見る夢男さん』でね、東京へ行って新しいもの見てくると、すぐそわそわして、お店をやりたくなるのよ。アイスクリン屋をやろうかとか、それで船のお客さんに売ろうかとか。船のお客さんはそんなのほしくないのよ。それよりなんといってもお酒なの。おかあちゃんも本当は新しもの好きだったのかもしれないね。こんなおとうちゃんが好きになったんだから」

顔の上で、ふーちゃんの足がぶらぶら揺れてる。

「ふ〜ら　う〜と〜　えーんや　ど〜ど　ふう〜と〜と〜どどえーんやー」

見ると、ふーちゃんが顔を上にむけて、ご機嫌に鼻歌を歌ってる。中庭の四角い空は薄いもも色に変わって、夕方が近づいてるようだった。

「その歌、なあに？」

「船頭さん達の船引き歌。船頭さん達は綱で船をひっぱって、むこう岸をのぼってくるのよ。下るときは船は川の流れで走るからいいんだけどね。この歌はのぼるときに歌うの。川下のほうから少しずつ聞こえてくると、だれかがあたしをつかまえに来るんじゃないかって、こわくて、泣いてた。遠い昔の話」

「ふーちゃんのいくつ頃の話？」

「十二ぐらいかな、いや、もっと小さい時かな……」

ふーちゃんはこともなげに言った。遠い昔の話、十二歳ぐらいの時のことを、十二歳のふーちゃんが言っている。この十二歳の時の記憶と、今、目の前にいる十二歳の記憶のはじっこを持って無理やり広げたら、その間にかくれてしまった物語が姿を現すかもしれない。私が欲しい思い出と、ふーちゃんが知りたい思い出が。

昔、吉井川の上流で採掘された鉱石を、船で下流の町まで運んでいた。やがて川に沿って鉄道が出来ると、鉱石の輸送はそれに代わり、その鉄道も鉱山の閉鎖とともに廃線になった。そんな成り行きの中で、ふーちゃんの船宿も立ちゆかなくなっていく。この鉄道の敷設に三重の松阪《まつさか》から技師としてやってきたのが、ふーちゃんの父親だった。工事の間もこの船宿に滞在し、宿の娘とララ〜と恋に落ち、ふーちゃんがこの世に現れたということになる。そして私も現れたことになる。このあたりのことは八十二歳まで生きたふーちゃんの妹、私の叔母《おば》が話してくれた。この叔母とも、戦災で離ればなれになり、ひょんなことから再会し、死の前年に一度会っただけだった。

「うちの宿屋商売はね、おとうちゃんがつくった鉄道のためにつぶれたようなものよ。皮肉って言えば、皮肉。うちの女たちは、代々美形でねえ。おとうちゃん、そこにまいったのね。そのかわりみんな早死に。わたしだけが、じゃがいも顔で、それで長生きてきたのかもね」

その時、叔母は苦笑いしながら、ちらっと悔しそうに口をまげた。

「もうそんな舟歌ぐらいで泣かないよ。あたし、ゆうれいだもん」

ふーちゃんはあごをつんとしゃくってみせた。たいした自覚のないゆうれいが、ゆうれいなのを威張っている。

「だけどさあ、どうしてイコちゃんにはあたしが見えたんだろう。あたし、ゆうれいじゃなくなっちゃったのかなあ」

ふーちゃんは手を夕焼け空にかざして見ている。

「私にも、ふーちゃんはゆうれいのような気がしないわ」

「えー、まさかあ。でも、そういうことにしとこうか……なんか、嬉《うれ》しい」

ふーちゃんはあくまでものんきだ。お幸せな性格してる。十二歳の時の私とは違う。死がこわくてたまらなかった。なぜ人は死んでしまうのだろう。しかもよりにもよって、自分の母親が死ぬなんて……と理不尽に思えた。それをこの歳になるまで、引きずって消えることはなかった。

でもふーちゃんはなんにもわかっていないのだ。こんな田舎の町から、東京のど真ん中の深川生まれの人といっしょになって、二人の子を産んで、三十歳で死んでしまったことなんて。

「ゆうれいになるまえのことは、憶《おぼ》えてないの、ぜんぜん？」

「うー、ない。でもちいさいときのことは憶えているよ。ほら舟歌、うたえたでしょ。友達の和《かず》ちゃんのことも、勇《いさむ》のことも憶えているよ。でも二人ともイコちゃんみたいに遊びに来てくれない。ゆうれいだから気味悪いのかな。もう死んだのかもしれない。ちゃんと」

ふーちゃんは「ちゃんと」という言葉を、ゆっくりと、溜息《ためいき》のように言った。

ふーちゃんに私が見え、私にふーちゃんが見えるのは、どう考えてもあの写真のせいなのは間違いない。もし残っていたのが、私を抱いた母の写真だったら、おかあさんになってるふーちゃんに会えたかもしれない。

「そろそろ、おいとましないと……」

私は口の中でもぞもぞと言った。日は暮れかけてる。まさかこのだれの所有ともわからない家に泊まるわけにもいかない。私はゆうれいじゃないんだから。

「また、来るわ。会えるといいね」

私の言葉を聞きつけて、ふーちゃんは眉《まゆ》をひそめた。目が寄って三角になっている。と、口からはじけるように言葉が飛び出した。

「やだ、行っちゃ、やだ」

口がゆがんで泣き出しそうだ。体がふるえている。

私のなかで、ぞっくとうれしさが走った。

「じゃ、いっしょに行こうか」

思わずこう答えていた。

「うん」

ちいさい頭がこっくんと揺れた。

「あの赤いバイクにのっていくんでしょ！」

ふーちゃんは大急ぎで木から飛び降り、うれしそうに言う。拍子抜けするぐらいあっさり気分が変わってる。

「この家からはなれてもいいの？」

「いいわよ。ゆうれいはひとりじゃあまり遠くには行けないんだけど、でも乗りものがあるんでしょ。なら大丈夫」

なんだかとっても都合のいい仕組みになっているみたい。

「うん、わかった！」

私はふーちゃんの手を引っ張ると、そのまま、家を抜け出した。この子と少しでも長くいられれば、それだけでいい。私はもうそのことしか考えられなかった。

それにしても私の母、ふーちゃんはいかにもあいらしい。姿、形もかわいらしい。

この私にもいろいろ恋はあったけど、仕事に夢中になっていて、いままで結婚にも、子どもにも恵まれなかった。自分で選んだ道とはいえ、これはやっぱり心残り。でも、でもよ、この子を娘と思っちゃえば、なんの問題もないじゃないの。そうよ、ラストランの道連れには、これ以上のぞめないくらい素敵な相手。見えないから、かわいい娘でしょって、人に見せびらかせないのは、まことに残念だけど。

「さ、後ろに乗って、私の腰に手を回して、しっかりつかんでいるのよ」

私は大急ぎで空気のように軽いふーちゃんを抱いて、シートの後ろに乗せた。それからヘルメットをかぶり、バイクのエンジンをかけて、急発進した。後ろで、「ぎゃぶ」っていうふーちゃんのおどろいた声がする。

バイクは土手の道をにげるように走り出した。まわりに人の姿がないのをいいことに、ぐんぐんとスピードをあげる。

「気持ちいいねえ。すごいねえ。どんどんはやく、はやく！　走れーっ！　わー、やっぱり、まっかっかのバッタみたいだ！」

ふーちゃんの叫び声が後ろから飛んでくる。なんとまあ、これは相当の走り屋だ。

バイクは川の流れにさからって、走っていく。

「わー、これならどこにでも行けるね、行こう、行こう、どっかに行こうよ」

ふーちゃんは応援団みたいに声を上げる。このスピード好き、あきれる。負けた。ところでいさぎよくいっしょにあの家を出て来たはいいけど、今、ふーちゃんはどういう状態になっているのだろう。このはしゃぎようはゆうれいとも思えない。私は体をねじって、ふーちゃんを見た。おしりをぽんぽんと跳ね上げてる。赤い下駄《げた》が落ちそうに揺れている。大きな口をあけて叫んでる。

むこうから自転車に乗った男の人が来たのをいいことに、スピードを緩めて止めた。私は用心深くヘルメットを半分だけあげて聞いた。

「すいません。この近くにホテルのようなものはありませんか？」

「ホテルって、なに？」

さっきから興奮しているふーちゃんの声がすかさず飛んできた。

「えー、ホテルですか……。そんなもんないけど、温泉とプールのついた、宿泊できる施設ならありますよ」

男の人は自転車に腰を乗せたまま今来た方を振り向いて、「あそこ。もう少し行くと橋があるけん、そこまで行けば見えますよ」と手をあげた。

「いきなりでも泊まれますか？」

「ええ、大きいけん、だいじょうぶですよ。平日じゃし、行ってみんさい」

そういうと男の人は走っていった。果たしてあの人にふーちゃんは見えていたのだろうか。見えていても、そんなに変じゃないし、見えていなくても、これまた変じゃないし。「見えてます？」なんて、聞くのは、それこそ変だし。まあ、いいか。見えなくても、見えても、ふーちゃんはいる。なんの問題もない。木綿のワンピースだって、そんなにふるぼけて見えない。赤い下駄だけは今時、いささか風変わりだけど、近頃はやってるっていう話も聞くし。

「お部屋はみんな二人部屋になっています。それでもいいですか？」

「健康ランド」という大型温泉だった。カウンターの女の人は、ライダー姿の私をじろじろ見ながら、言った。

「ええ、もちろん」

私はあっさりとうなずいた。

鍵《かぎ》をもらい、ふーちゃんの手を引いて、部屋に入った。それでもまだわからない。

「お部屋はみんな二人部屋になってます」ということは、私たちを一人と見たか、二人と見たか……。

「ふーちゃん、あんた、よその人に見えてるんだろうか？」

私は部屋に入ると、聞いた。

「そんなことわかんない。あたしにはむこうの人、見えるけど、見えるか、見えないかは、むこうがきめることでしょ」

うん、正解。

とたんに私は勇気が出てきた。

部屋は十畳ほど、すみに布団が二人分重ねて置いてある。どうやらセルフサービスのホテルらしい。私はきゅうきゅうのライダースーツを、イカの皮のように引っ張ってぬぐと、置いてあった浴衣《ゆかた》を着た。

「おや？　おかあちゃんみたい」

「おかあちゃんに会いたい？」

「うん。とっても会いたい」

とたんにふーちゃんの目がうるんできた。

「そう」私はうなずいた。人間らしい、気持ちあるんだ、うれしい。

「会いたいけど……おかあちゃんはゆうれいにならないでちゃんと死んだんだと思う。

もし、ゆうれいなら、会いに来ないわけないもん。絶対、娘のあたしはおかあちゃんの心残りのはずだもん」

絶対か……、こんなに確信を持って言えるなんて、憎らしい。

そうおっしゃいますけどねえ、あんたは自分の娘に会いに来なかったじゃないの。

「でもさ、いつか会えるよ、きっとむこうで」

ふーちゃんはぽつりと言った。

「それいつ？」

「不明。でも、あたしの心残り、まだあるから、それが消えないことには、むこうには行かないつもり。当分、ゆうれいでいるわ」

「ふーちゃんの心残りって、なんだろうね」

私はひとごとのように、また口にした。

「それがさ、ずっと言ってるでしょ。わかんないのよ。これでも気にしてるんだから。あたしのこと、薄情みたいに言わないでよ」

ふーちゃんは急に不機嫌になって、口をむすんだ。

「ゆうれいにも、それぞれ事情があるんでしょうね？」

「そんなことわかんない。あたしは、自分のこともよくわからないんだから。いっぱしに、ふらふらしているけどさ」

　ふーちゃんはふんと鼻をならして、かすかにべそをかいてるように顔をゆがめた。

　それから、「まったく、やんなっちゃうな」とつぶやいた。本当にいやなのか……一応言ってみたのか……でも微妙にほっぺたがゆれている。

「ねえ、イコちゃん、このバイクに乗って、思いっ切り飛ばしたら、もしかしたら、どこかいいとこに行けるかもしれないね」

「いいとこって、どこ？」

「心残りが取れるとこ」

「私は、まだ死ぬのはいやよ」

「わかってるわよ、でもさ、イコちゃん、その時が来たら、いっしょに行こうか。あたしの心残りが消えてもそれまで待っててあげる」

　ふーちゃんは首をかしげて、私をのぞきこむ。ふーちゃんは死を、顔洗うみたいに軽く口にする。もう死んでるのだから当たり前かもしれないけど、でも私の胸は、「待っててあげる」という彼女の言葉にぐっと詰まった。

「とにかく明日《あした》もいっしょに走ろう」

　声がかすれそうなのを隠して、咳払《せきばら》いをする。

「うん」

小さな首がこくんとうなずいた。

そのか細い首を見て、私はまたしてもしゃべってしまいそうになり、自分の手をきつく握りしめた。あの写真を見せさえすれば、すべては瞬く間に解決するのだ。早死にもせず、ちゃんと生きてる私のことが分かれば、ふーちゃんの心残りも取れて、二人のきみょうな時間のねじれも、たちどころにほぐれていくだろう。ふーちゃんが死んでからは、我が家は戦争に飲み込まれ、思い出のよすがをすべて失った。ゆうれいのふーちゃんもあの混乱に巻き込まれ、心残りの居場所を見失ってしまったのかもしれない。ゆうれいのくせして、迷子になってるんだ。でもここで打ち明ければ、ふーちゃんのことだ、安心してさっさとむこうの世界に行ってしまうだろう。やっと会えたのに、私の目にも見えない人になってしまう。

ふーちゃんは、両手でぱんと体をたたくと、さばさばと言った。

「でも、いいや、当分このままで。イコちゃんといると、おもしろいもん」

「ふーちゃん、温泉に入りにいこうか。温泉って大きなお風呂《ふろ》よ。知ってる？」

「うん、しってる。きもちいいよね」

私はもう一つの浴衣を、ふーちゃんの肩にかけた。ぞろりと裾《すそ》を引きずっている。

「これじゃ、歩けないよ」

ふーちゃんは浴衣を落とすと、下駄もぬいだ。細い指がならんだむきだしの足を、もじもじとこすりあわせている。

湯殿に入ると、二人で裸になった。ありがたいことに誰もいない。ふーちゃんの肌は薄く透き通っている。やっぱりこの世の色とは違う。そろそろと湯船に身体を沈める。となりでふーちゃんも湯船のはじに頭をのせて、身体をのばしている。かすかにふくらみはじめている胸が、うすいもも色をしてる。美しい。お湯がその中をゆらゆらと通り抜けていく。私は湯のなかでゆがんでいる自分の裸を見た。たるんだ腕の皮膚を、ごまかすように強くさすった。

私の遊び半分のラストラン、それは次第に姿を変え始めていた。

「ねえ、あしたはもっと速く走ろう、ね、イコちゃん」

ふーちゃんはこちらの複雑な気持ちには頓着《とんちゃく》なく、バイクのスピードが気に入ったようだ。無邪気に足をばたばたうごかして、走ってるつもりになっている。お湯がかすかな波を作る。

「景色がビュンビュンかわるのって、背中がぞくぞくしちゃう。なにが出てくるかわかんないもの、そこが面白いね！」

　私も足をばたばたしてみる。

「じゃ、なにが出てきてほしいの？」

「ぞくぞくするもの！」

　それなら、なんといっても、ゆうれいでしょうに。

「ねえ、イコちゃん、泳ごうか？」

「やだ、泳げないのよ」

　つめたい風が入ってきた。

「ママ、はやくぅ。すいてるよ」

　女の子の声がした。走って飛び込んだのだろう、いきなり湯が跳ねた。おどろいて、見ると、おかっぱの女の子が、両手をひろげて、平泳ぎの格好をしている。

「まりえちゃん、ここはプールじゃないのよ」

　若い母親がこっちにかるく会釈をして、シャワーをあびはじめた。

　ふーちゃんが首をひねって、母親と女の子を食い入るように見ている。いつの間にか身体のむきまでかえて、眉間《みけん》にしわを寄せ、二人を見つめている。

「おばあちゃん」

女の子が私を見て言った。

「車で来たの？　車はなに？　あたしたち、あたらしい車で来たんだ。試しのりしてたの、くねくね道走ったりして、ね、ママ」

女の子はお湯をわけて近づきながら言った。小さな身体がお湯のなかで溶けそうに揺れている。

「ぐんぐん走ったの。はやかったよー。そんで、飛んじゃったの。ね、ママ」

女の子は母親に飛びついて、しがみつく。

「まりえちゃん、さわがないの」

おかあさんは、「すいません」と私に言いながら、お湯に足を入れ、ふーちゃんのほうに顔をむけると、うごきをとめ、はっとしたように息をついた。それも一瞬でおかあさんは頬をゆるめた。

「元気が良すぎちゃって」

「ママ、まりえが、およぐのおしえてあげるね」

「ありがと、でもここはプールじゃないって言ってるでしょ」

「やだやだ、おしえてあげたーい」

女の子はきゅうに機嫌が悪くなった。

おかあさんは女の子の手をにぎって、静かに引き寄せ、「わかるでしょ」とつぶやきながら、額と額をくっつけあった。

「もう、でようと思ってたとこよ。だれもいなくなったら、泳いでも大丈夫よ」

私はなおも食い入るようにみているふーちゃんの手を引いて、湯船から出ようとした。

「えっ、いっちゃうの？」

女の子はぷっと口をとんがらせる。

「ねえ、あたしたちも、泳ごう、泳ごう」

ふーちゃんが手を引っ張った。

「あたしもイコちゃんに泳ぎ、おしえてあげたーい」

ふーちゃんは女の子の口調をまねしながら湯にふーっと浮いた。

「おばあちゃんも泳いでみたくなっちゃった」

私は若いおかあさんに言いわけを言って、お湯にすべりこんだ。

遠くで自動車のサイレンがほそーく鳴っている。

ふーちゃんがお湯から体を浮き上がらせ、じっと耳をそばだて、

「ああ、やっと……」と、つぶやきながら、つい今しがた泳ぎたいと言ったばかりな

のに、さっさと湯からあがっていく。

「やっぱりだめ、のぼせちゃった」と、私も女の子につぶやいて、ふーちゃんのあとを追った。

あわてて、浴衣《ゆかた》を引っかけて、廊下に出る。ふーちゃんは入り口の壁により掛かって、待っていた。

「イコちゃん、あの人たち、ゆうれいよ」

ふーちゃんは声を低めて言った。

「ほんと？　嘘でしょ」

「なったばかりみたい。サイレンが鳴ってたでしょ。事故にあったのね、かわいそうに」

「え、え」

私はことばもないほどびっくりした。

「そんなあ、そうは見えなかったじゃない。とっても」

「イコちゃんにも、ちゃんと見えたのね」

「うん、はっきり。とてもゆうれいには見えなかった」

「なったばかりだから。ふしぎなこと起こるなあ……。イコちゃんにあたしが見えたのも、ふしぎだったけど、今度はゆうれいに、ゆうれいが見えたのよ。まるで生きてる人みたいにね。むこうも見えてたみたいだけど、あまり驚いてなかった。見えなかったものが見えてきた……これイコちゃんのせい？　それともイコちゃんのおかげさま？」

それからすけたふーちゃんの身体がぶるっとふるえた。

私たちは走ってる。スピードをあげる。赤いオオタくんは、快適に飛んでいく。走っているうちに、いろんな想いが体の中を通り過ぎていく。

若い時読んだ、ギリシャ神話を思い出していた。オルフェ。愛する妻を死の世界から取り戻そうとする夫の話。

映画になったのも見た。あのときもこんな風にバイクが道を走り抜けていく。後ろから来る妻を見たら、この世にはもどれないという約束を破って、最後の最後夫は後ろを振り向いてしまう。

私もふーちゃんを死の世界から、連れ出しているのかもしれない。速く走れば走るだけ、取り戻すことが出来るかもしれない！

私は、スピードをあげる。

ふーちゃんは相変わらず速い走りにご機嫌だ。

こういう時、心なしか、透き通ってる姿が丸みをおびてくるような気がする。

夜になったら、キャンプ場や、浜辺を選んで、いっしょに寝袋に入り、星空をながめ、「おやすみ」と眠る。ときどき気がつくとふーちゃんがいない。あわてて身体をおこすと、そばにぼーっと立って、私をじっと見ている。眉《まゆ》をよせて、なにかを探っているような目をしている。

「目がさえちゃってさ。イコちゃんの寝顔見てたら、どっかであったような気がしたの。よくよく見たら、おかあちゃんにてたんだ。おかあちゃんはもうちょっと若かったけど」

ほんとうに遠慮のないゆうれいだ。

「なつかしくなって、目がしばしばしちゃった」

ふーちゃんははにかんで笑った。

ゆうれいでも眠れなくなるってことあるらしい。でも母親の顔を思い出すなんて、いいな。うらやましい。

「子守歌でもうたってあげようか」

私は上向きに寝ると、夜空に向かって歌い始めた。

「ねん、ねん、ねっこのけつ、蟹《かに》がはいりこんで〜」

「くくく、イコちゃんもその子守歌しってるの？　へんな歌よねえ。おかあちゃんもいっつも笑ってた。ほんとはけつじゃないんだって、穴なんだって。でもけつのほうが、あたし、すき」

ふーちゃんは顔をこっちにむけると、口ずさみ始めた。

「よっこらしょっと　ひっぱりだしても、またはいりこむ〜」

「あら、ちがうでしょ。えんやっと　ひっぱりだせば、またはいりこむ〜、じゃない？」

「ちがう、よっこらしょ、ですっ」

ふーちゃんはゆずらない。私もこればかりはゆずりたくない。と、はっとした。私はだれにこの子守歌をうたってもらったんだろう。同時にふーちゃんの目とぱっちりと合った。

「同じ子守歌ね……。イコちゃん、どこでおぼえたの？」

「ふーちゃんは？」

「あたしはおかあちゃん」

「私も、おかあさん、たぶん……」

私は急に
ぼかして止めてし
子どものころから抱え
少し消えていこうとしている。

「ふーちゃん、動物園にいったことある?」

「あるよー。おとうちゃんに連れてってもらった。ながーく、汽車に乗ってね。上野だった。あ、あたし、ちゃんとおぼえてた、おぼえてた」

「どの動物が好き?」

「みーんな、好き。びっくりするぐらい好き!」

「私はね、カバ」

「知ってるよ。おデブのカバでしょ。かわった好みですね」

「あの大きなお尻《けつ》が大好きなの」

「イコちゃんって、おけつがすきなんだ。くくくっ」

「だって、あのぱんぱんのおしりに、おとうさんと、おかあさんの愛情がぎっしり詰まっているような気がするのよ。二つともこれ以上入らないっていうほど、ぱんぱん」

「イコちゃんのおしりだって、ももたろさんの桃みたいよ。おしりってかわいいよね。ゆうれいのおしりだって、まけてないよ」

ふーちゃんはスカートのうえから、おどけておしりをつき出した。

「イコちゃんはおてんばばあさんなんだね」

「あんたもおてんばゆうれいちゃん」

私たちは顔を見合わせて、くくっくっと笑った。

私たちは走り続ける。空気を体で左右に切り分けながら走る。道ばたの宿に泊まったり、浜辺で寝ないですごしたり、気のむくままに走る。行きつく先はいったいどこなのだろう。

「もっと、いこうよ、もっと、はやくしてさ」

ふーちゃんの要求は限りがない。

「どこに行きたいの？」

「わからない。でも走っているとね、始まりが近づいてく

私は振りむいて聞き返した。

「始まりって、なに？」

「わからない。種みたいなものじゃないの。だって、花の始まりは種でしょ」

「でも、ふーちゃん、種にだって始まりはあるのよ。その前は花なんだから。始まりがあるから、おわりがあって、おわりがあるから、始まりがあって……」

「じゃ、行ったり来たりじゃない。なら死んじゃったあたしはなに？　種？　それとも花？」

「そうね、どっちになりたい？　どうせなら花がいいね」

「かんがえすぎると、ややっこしいね。イコちゃん。ゆうれいって、なんでも出来るように見えるでしょ。でも本当はできないことばっかりなんだから。こんなふうに透き通って、自分でも、自分がいるような、いないような心ぼそいのよ」

ふーちゃんは私の腰に巻いている手をひろげてみせた。ほんと、透き通っている。でも空をうつして、あかるく青い。

山のなかの一本道を走る。夏のみどりが流れていく。遠くにだいぶのびた葉を揺らして、田んぼがみどり色の布のように広がっている。その所々でちろちろと水が光っている。

「娑婆《しゃば》はいいなあ」

ふーちゃんがいきなりふかい溜息《ためいき》をついた。

「そんな言葉しってるの?」

「うん、船頭さん達が夕方家《うち》について、お酒をのみはじめると、肩をふーっとさげて、気持ちよさそうにしみじみ言うの。『娑婆っていいなあ』って。あたし、聞くたびに娑婆ってどんなとこだろうって、ずっとおもってた。でもわかった。きっとさ、ここよね」

私は目を斜めにおとして、バイクの後ろで揺れてる透き通った足を見る。

もう一週間もあっちへ、こっちへと走ってる。すっかり慣れてきた。後ろのおきゃくさんはなんにもいらない人なのだ。コンビニのおべんとうも、のぞき込んで、「きれいだね」と言うだけ。ただ「たまごやきにはお砂糖とお醬油《しょうゆ》をいれなくっちゃ」とぽつりと言ったりする。どきっとする。これは私の好みでもある。「じゃ、一口いかが」と言うと、逃げるように、「ゆうれいの口はおしゃべりのため、うらめしや〜」と言って笑った。戸外で寝ても、寒がりもしない。ふいの雨に打たれても、いやがらない。今時下駄ははやらないから靴をかってあげると言ったら、靴だけゆうれいになれなかったら、おかしいよと忠告された。

走り続けている。コンクリートの道を切り裂くように走っていく。みどりの森は二つのみどりになって両脇にながれ、せいたかあわだち草は黄色いおびになって、飛んでいく。

でもこの走りはどこか違っている。路面の感触も変わらない。木々のみどりもいつものとおりなのに、肌触りがなんとなくなめらかなのだ。

「ひゅろーん」

エンジン音の合間に、鳥のこえが降ってくる。

「あ、鳥だわ、鳥もゆうれいになったりするのかなあ」

ふーちゃんは呟《つぶや》いた。

家がばらばらと道なりに並んでいる。

遠くで犬がはげしくないている。それにあわせるように方々で、犬がなき出した。どこにでもある田舎の村のゆうぐれが近づいていた。

「くっ」って、突然ふーちゃんはのどの奥をならす。ハンドルをにぎっている私の背中が微妙に動く。

「どしたの？」

「なんか変な気分なの」

「どうへんなの？　止めてやすもうか？」

「だめ、止めないで、走って、走って」

　ふーちゃんの声がかん高い。

「ふしぎなの！　見えないのに、見える。感じるの」

　ふーちゃんは、私の背中ごしに首をのばして遠くを見ている。

「感じるって、なに？」

「あたしとおなじ、ゆうれい」

　ふーちゃんが耳のちかくでささやいた。

「えっ、また！」

　私は思わずブレーキをしぼる。

「だめ、あぶないじゃないの」

　お叱りの言葉が飛んできた。

「でも、ふーちゃん、考えてみれば、ゆうれいに、ゆうれいが見えたって、不思議じゃないわよ」

んは飛び降りて、すーっと板戸をとおっていく。

「ちょっと、まってよ」

私は声をかけて、まだこちら側に残っている、ふーちゃんのスカートをあわててにぎった。すんでのことに間に合って、いっしょに壁を通り抜ける。

家の中はいっそう暗く、それでも奥の部屋に小さな裸電球がぼーっと一つついていた。ふーちゃんは下駄のまま、その部屋にすたすたと入っていく。暗闇に目が慣れてくると、ささくれた絨毯《じゅうたん》のうえに、椅子三脚とテーブル、そのうえには何枚か紙がひろげてあり、そばにはけしごむと鉛筆がころがっている。水が半分入ったコップにくすりのふくろが置いてあった。傍らの押し入れは、ふすまがはずれ、布団が一枚はみ出している。こっちの目が更に慣れてくると、部屋の隅のはげて白っぽくなったビロードのソファに、若い男が膝を抱いて、ちぢこまるように座っていた。そこだけひときわ濃い灰色に見える。その男は、気配をさっして、顔をこちらにむけた。

同時に、

「あっ」と、息をはくようにして、腰を浮かした。めがねの蔓《つる》を少しあげて、さぐるようにこっちを見ながら、口をぱくぱくさせ、しばらくして、やっとかすれた声が出て来た。

「どなたでしょうか?」

ふーちゃんはちょっと背のびをすると、見せびらかすように身体を上下に動かす。

「どなたって、あんたと同じ、ゆうれいです。見えない? 見えるでしょ。ふーちゃんと申します」

相手の暗さに比べると、こっちはまったくあっけらかんとしている。

男は目を細めて、

「それで、こちらの方も、おなじ……」と私のほうを見た。

「えーっ、おじさん、このおばあさんが見えるの? ふーん、やっぱりか……」

ふーちゃんはうれしそうに、振りむくと、「ねえ、イコちゃんにも、このおじさんが見える?」と聞いた。

私はとまどいながら「うん」とうなずく。

「でもね、勘違いしないで、このおばあさんはゆうれいじゃないのよ。まだ死んでいないのよ」

「ええ、そう見えますけど」

「ふしぎでしょう!」

死んでいないとは、ご挨拶《あいさつ》じゃないの。まだで、申しわけありませんねえ。それに

「おばあさん」「おばあさん」と気楽に言いすぎる。

「だから、私は特別なお客さまなんだって言ったでしょ」

私はちょっととんがった声で言った。

でも果たして、特別なお客って言えるのかな……半分ぐらいもう仲間になってるんじゃないかしら……。

男はふらーと立ち上がり、ゆっくり頭をさげると、あごをあげて、絞り出すような声で言った。

「あのー、ぼく、原田啓二《はらだけいじ》って申します。ケイさんって呼ばれています」

おやまあ、ご丁寧なご挨拶だこと。はじめてふーちゃんに会ったときもこんな挨拶をした。ゆうれいには名前を名乗るという習慣でもあるのだろうか。しかも呼び名まできちゃんと言う。姿が見えないから、名前がだいじなのかもしれない。

「あたしはふーちゃんとよばれています」

ふーちゃんもかしこまってご挨拶。

「私は……名字は山野、名前はイコって申します」

私も右へならい。

「そうなの、イコだって。おばあさんらしくない可愛い名前でしょ。あたしは、イコちゃんって呼んでるの」

「でも、よく、ぼくに気がつきましたねえ」

ケイさんは肩をつぼめたまま、陰気な顔をふーちゃんに向けた。

「あたしもびっくりしてるのよ。もしかしたら、オオタくんのおかげかな。バイクなの。ほら、道を走ってるバイク、知ってる?」

「知ってますよ」

ケイさんは心外だっていう顔をした。

「それがね、走ってるうちに、なんか見通しが良くなって、見えてくるのよねえ、不思議なの。あの二つのまん丸ライトのおかげかもしれない。それでケイさんが見えたのよ。ゆうれいは、たいていひとりぼっちなのにね。どうやらこのとこ世の中かわってきたみたいよ。ねえ、ケイさん、外を見てみて、ほら、あの赤いぴかぴかのバイクよ。ぶっ飛ぶのよ」

男は顔をのばして、戸の隙間から外をすかし見てる。

「ほう、格好《かっこ》いいですねえ」

顔にかすかな赤味《あかみ》がさしてきた。

おや、まあ、この人も乗りものに興味がありそう。

「ぶっ飛ぶって。どこへでも行かれるんですか？」

おや、おや、やっぱり、興味しんしんだ。

「うん」

ふーちゃんが偉そうに頷《うなず》いた。

「このままどこまでも、どこまでも、行けそうよ。すごくいい気持ちよ。ね？　イコちゃん」

ふーちゃんは見せびらかすように、私にきゅっと抱きついた。

「へー、いいなあ。ぼくも、乗ってみたかったけど……、気持ちばかりで……体がついて行けなくって」

ケイさんはすこし乗り出して、私を見つめた。

「お願いしたら、ぼくも乗せていただけるんでしょうか？」

「ねえ、イコちゃん、ちょっと乗せてあげてよ」

「そうねえ……」

言いかけて、私はむっと口をむすんだ。あまりおもしろくない。二人ともいい気になって。

「もちろん、だいじょうぶ」

ふーちゃんはうなずいて、もう体を外に向けかけている。

「そんな……あつかましい……です、よ、ね」

ケイさんの目がうろちょろと動いて、問いかけるように私を見る。

「やだわー、うじうじしないの、ゆうれいみたいじゃないの」

ふーちゃんが笑いながら言った。

ケイさんが、はっと目をあげて、ふーちゃんを見た。

「やだ、あんたはりっぱなゆうれいよ。もちろんあたしもね。だから心配しないで」

ふーちゃんは肩をすくめ、ちろっと舌を出した。ケイさんの暗さをからかって、おもしろがっている。こんなゆうれいって、ありだろうか。いいかげんで、ちゃっかりで、常識を軽々超えて、ほんとうに自由。おまけに私のハハオヤってことになるのだから、やんなってしまう。

私は口を出した。

「行きましょ、どこでもいいわよ」

「ほんとうに？　じゃ、もし、もしも……連れて行っていただけるなら……」

ケイさんはズボンのポケットに手を入れた。

「いただけますよ、もちろんですよ。ゆうれいは一人じゃ遠出は出来ませんからね。

お手伝いしますよ」

ふーちゃんが遊園地にでも行くような、明るい声で言った。

「でも……やっぱり……やめたほうが……」

ケイさんはポケットの中で、手をもぞもぞと動かしてる。

「行きたいの？　行きたくないの、どっち？　はっきりしたら」

「ええ、行きたいです！　でも……」

ケイさんはポケットから手を出した。くちゃくちゃの紙をにぎってる。

「どこなの？」

ふーちゃんが聞いた。

「息子のとこなんです」

顔が少しゆがんで、泣きそうにしている。

「わかった、それがケイさんの心残りなのね」

ふーちゃんが言う。

「ええ、そうなんです。ぼく、体が弱くて、息子が生まれてからずっと寝てたから、一度も抱いてやったことがないんです。それが心残りで。でもどうしようもないことってあるんですよね。ぼくの運命ですから。でもせめて一度でいい、あの子を抱いてみたかった。それができたら……」

ケイさんはおずおずとくちゃくちゃの紙を広げて見せた。

「でも、だめだ。息子はもう六年生になってるはずですから、抱くなんて……笑われちゃう」

ケイさんはみじめな自分をかくすように、ははは、と、かすかに口をゆがめた。

「ケイさん、それがね、どういう空気の回り具合かわからないんだけど、あなたがおぼえてるときの坊やに会えるみたいよ。二人の時間がそこでとまってくれてるようなの」

私はそう言いながらふーちゃんがどう思うかと、そーっと横目で顔をうかがう。予想通りふーちゃんの口が開いた。

「えーほんとう？　じゃ、イコちゃんはどうなのよ。十二歳の時のあたしを知ってたってわけ？」

ふーちゃんは目をしばしばさせて、さぐるように言った。

この人はぼんやりしているようだけど、妙にするどいところがある。私はすぐ反応できなくって、口をつぐんでしまった。

「イコちゃんのこと、知り合いじゃないのにね、どうしてかな、ふしぎだね」

私はほっとする。ふーちゃんはもう元に戻っている。あきれるほどはやく気持ちが変わる。このこだわりのなさはどこから来ているのだろう。せっかくなにかが顔を出しそうになったのに、惜しい気もする。これだからねえ、気楽にながーくゆうれいやってられるんだ。

「ケイさん、居所わかってるなら、なぜもっとはやく行かなかったの？」

ふーちゃんが聞いた。

「わからなかったんですよ。それでここにいれば、家族と繋《つな》がっていられるって。はなれたらホームレスになっちゃうと思って」

ゆうれいもホームレスに？　ほんとうにゆうれいの世界って意外だらけ。

「あたしなんて、心残りがなんだかわかんなくって、いつまでもうろちょろしてるのよ。なさけないったら……わかってるなんて、うらやましい」

「だって、遠いんですよ。家族が引っ越しちゃったんです」

「あんたに何も言わずに行っちゃったの？」

ふーちゃんは両手を広げて顔をしかめた。

「だって、ぼく、ゆうれいですよ。見えない人なんですから……黙って引っ越したって文句言えませんよ。妻は再婚したのかもしれないし」

った。

「そうよね……ゆうれいって、案外力ないのよね。なさけないのよね」

ふーちゃんはこまかくうなずきながら、終わりの方はつぶやきになって、消えていった。

「じゃ、居所はどうしてわかったの？」

私はケイさんをのぞきこんだ。

「そうよ、そこが問題よ」

ふーちゃんにも、問題の中心がはっきりしてきたらしい。

「それが、ちょっと前たまたまポケットに手を入れたら、入ってたんですよ。この紙切れが。前はなかったんですよ。ふしぎですねえ。ポケットってポストにもなるんでしょうかねえ」

ケイさんは自分で口にした冗談にひゅっと薄笑いを浮かべた。

「どこかに通じてるのかもなあ。ポケットって」

「わかったんなら、どうして早く行かなかったの？　あたしだったら、さっさと行くけどな」

「だって、ゆうれいは遠出が出来ないじゃないですか」

「でもだいじなことでしょ。ゆうれいだって、頭をつかって方法を見つけなくちゃ」

ずいぶん偉そうなセリフ！

「そうは簡単にいきませんよ。いろいろ考えてしまって。行かない方がいいんじゃないかと思ったり……悩んでいるうちに、いつの間にかどうでも良くなっちゃったんですよ。これってゆうれいのいけないとこですね。こんな姿ですから、自信がないんです。はっきり言って不安なんです」

「そう、それはわかる。相手に知らんぷりされたら、悲しいもんね」

ふーちゃんが声をはさむ。

「それに、心残りがなくなっちゃうのも寂しいんですよ。あの子と離されちゃうような気がして」

「うん、うん、わかる。心残りがあればつながっているような気がするものね。あればいつか会えるかもしれないって、思うものね。だからこのままでいようって」

ふーちゃんはしきりにうなずき返している。

私は近づいてケイさんに話しかけていた。

「でもね、ケイさん、その心残りはよ、消えると、今度は息子さんのほうに移って、思い出にかわるんじゃないかしら。ケイさんの気持ちが、消えちゃうなんてことはないわ。息子さんにとって、おとうさんの思い出があるとないとじゃ、大きな違いよ。

本当に大きな違い。思い出は昔のことなんだけど、昔だけのものじゃない、これからの力になるのよ」

柄にもなく演説口調になってしまった。私にも思い出がほしかった。あったら問題を抱えた時、それをよりどころにして、選択の道筋がはっきり見えたかもしれない。今でも自分の決定になかなか自信がもてない。外見よりなか身は案外いじいじしているのだ。

ここでぐちってもしかたがない。ないからこそ自由な生き方が出来たってことかもしれないけど。

ケイさんの目がゆっくり上向いて、厚い雲からやっとのぞいた星のようにえんりょがちに瞬いた。

ふーちゃんがケイさんの手のなかの紙をのぞきこんだ。

「転居先だって……下関《しものせき》市　本陣《ほんじん》町　五番地……」

「そこに移ったようなんです。わかった時はなんとしてもすぐ行こうって思ったけど、こんな姿がそばをうろうろしてたら、新しい生活まで陰気にしちゃうでしょ。それに父親なんて言えないぐらい、少ししかいっしょに生きられなかったし」

「いいから、いいから、もういいかげんにいじいじはやめて。行こ、ね、行ってみようよ。あのバイクに乗って」

　ふーちゃんはもう後ろをむきかけている。

　察するに、ゆうれいの一番の性格は、「ちゃっかり」。それなのにいくじなし。そして案外自己中だ。私にもわかる、存在に不安を抱えていると、そうなりがちなのだ。

「でも……」

　ケイさんはまだぐずぐずしてる。

「ケイさん、でもは、いらないよ。行くのよ。ね、イコちゃん、そうよね」

　ふーちゃんは私の手を引っ張った。すーっと壁を抜けていく。ケイさんはうろちょろ落ち着きなくあたりを見まわしながら、それでも引っ張られるように外に出てきた。

「これから？　夜道を走るつもり？」

　私は道のむこうに重なって見える、真っ黒な山を見ていった。

「いいじゃない。夜道はゆうれいには似合うよ、ね、ケイさん」

「でもさ、乗れるかしら、三人よ、無理じゃない」

　ゆうれい同士、急に仲良くなりだした気配が面白くない。ハンドルを握るのは私なんだから、嫌みの一つも言ってみたくなる。

「ぼくみたいな、いるかいないかわからないものは、場所は取りませんよ」

おや、ちゃっかりしてること。すっかり行く気になっている。

「そうよ、乗れなかったら、あたしの肩に乗ればいい。ゆうれいはかるいもんね」

ふーちゃんはさばさばと言った。

「かたぐるまですか……いいな」

ケイさんの顔がかすかにほころんだ。

「じゃ、走ってみようか」

私はせいぜい景気をつけて言った。

「うん、走ろう、走ろう」

ふーちゃんは飛び上がらんばかりにして、バイクに座った。

「じゃ、ふーちゃんの上に乗って」

私はそう言って、ケイさんの手を取ると、ふーちゃんめがけて放りあげた。

「くぃ」とケイさんはへんな声をあげる。

エンジンをかけ、ナビを下関市にセットして、走り始める。

「すげえ！」

ケイさんの声が風に飛んでいく。

あかいオオタくんは、快適に走り始めた。

「いいですねえ、バイクって、乗りたかったんですよ。病気ばかりで望むべくもなかったけど」

これから息子に会うって言うのに、この人はバイクに興奮している！

夜にはオオタくんのライトが一筋の道を作る。たまに行きかう車のライトは、むこうの世界からいそいで逃げかえろうとしている人魂《ひとだま》のようだ。

私はしだいに前のめりになり、前へ、前へ引っ張られていく。まわりの風景と、違う風景が重なったり、また離れたりする。オオタくんはその間合いを縫うように突っ走る。ハンドルはもう心をきめてしまったとでも言うように、前方を見つめて迷いがない。

「イコちゃん、夜明け頃までに、そこに行きつけるかなあ」

ふーちゃんが言った。

「それはとっても無理じゃない」

「大丈夫よ。走り続ければ」

「あんた達はそれでいいかもしれないけど、私はこれでも生きてるんだから、疲れるよ。それに年寄りなのよ、わかってよ」

「助けてあげるから」

「そうです、こっちも走ります。気持ち的に」

なにこの流行《はやり》の言いかた。それにこの調子の良さ。まあ、冷たい手で辛気くさく、ぞっぞとなでられるよりはましだけど。でも想像してたのとこんなに違っているのも残念な気もする。

「あたしもいっしょにがんばってあげるね。別れた息子に会うんだものね。出来たらおひさまが昇る頃がいいわよ。たかい、たかい、たかいして、おひさまみせてあげるの。元気なおひさまを。ねえ、イコちゃんいそいであげて」

ふーちゃんはねだるように、私の背中を押す。かすかな動きがつたわって、ほんのりとあたたかい。透明で、触れても、さわった感じがしなかったのに、度重なるこのはんぱな現象はなんだろう。ゆうれいが私に近づいているのか、私がゆうれいに近づいているのか……。

真っ暗ななかを脇道を走ることにする。人の目をはばかって、まあ、はばかるのは、ゆうれい二人ではなく、実は七十四歳のドライバーのほうなのだけど。

「ねえ、イコちゃん、この道、がたがたしすぎるよ。昨日まではもっと速く走れたじゃないの。ねえ、ケイさんにもバイクの速いとこみせてあげてよ。ケイさんもそのほうがいいでしょ」

ふーちゃんの注文が飛んでくる。

「ええ、まあ」

すぐ反応するケイさんの声。

しかたなく国道二号線に戻り、スピードをあげる。オオタくんのライトは先へ先へとまっすぐに光をのばす。

対向車のライトに一瞬ぶつかり、すれ違って、また、闇。おたがいのすがたは見えない。バイクの音だけが、がんがんと響き、地上を感じるのはそれだけだった。

お二人の「気持ち的走り」にささえられてか、空気の抵抗がまるで感じられない。速度計は針を右端に寄せたままだ。その先の数値で走っているにちがいない。ナビの矢印もどんどん進んでいる。海のかおりがして、すぐまた山道にかわり、なまなましい杉の香りが闇の後ろに飛んでいく。いつもの感覚より遥《はる》かに、遥かに、オオタくんは過激に走っていく。

やがて、標識に「下関」の文字がでてきた。ちらりと時計を見る。四時五分……。すれちがう車も追いこす車も数が増えてきた。ライトの光がうすめられ、ぼんやりとあたりの景色が浮かびあがる。ナビは少し前から到着点をしめしていた。街灯がぽつりとともる急な坂の道を音を立てないように、ゆっくりとのぼっていく。見ると、走って下ればすぐ行けそうなところに、水の速いながれが見える。二つの海をつなぐ海峡だ。灰色の貨物船がながれに押されているように、すべっていく。水面から遥かかくにかかる橋の上をトラックがわたっていった。すべてがゆっくりと朝の気配を見せ始めていた。

坂の上には、立派なお屋敷の土塀が続いていた。その更にうえのてっぺん近くに、壁のいろも新しい小さな家が並んでる。いつの間にかふーちゃんとケイさんはバイクから降りて、透き通る足でひょいひょいと歩き始めた。

「あっ、ここよ」

ひーと息を吸い込むような音をさせると、ふーちゃんが振り向いた。私はあわててバイクを路肩にとめ、ヘルメットをぬいで、近づいていった。

表札には「原田」と書かれていた。

それを見たとたん、ケイさんはくたくたと座りこんだ。

「もう、いい。やめよう」

「なに言ってるのよ」

ふーちゃんが手をもって立たせると、ケイさんの背中を押した。

「ただいま……って、元気な声で、言うのよ。さ、はやく」

ケイさんは更におじけづき、にげようとする。

「よわむし！」

私も思わず声を上げてしまう。

「ぼくのこと、わすれてたら、どうしよう」

「じゃ、このまま引き返そうか！」

ふーちゃんはケイさんをにらむ。

「ケイさんのことよ。だから自分できめなくちゃ」

ケイさんは前に立っているふーちゃんをよけて、おずおずと門に近づいていった。

私はとっさに電信柱のかげに隠れる。

「たっ、た、だいまあー」

ケイさんのほそいのどがのびて、動いた。

「あっ、おかえりなさい。パパ、はやかったね」

なかから声がして、ちいさな男の子がころがるように飛び出してきた。手を広げて、ケイさんにしがみついていく。ケイさんはその子をしっかりとうけとめると、抱き上げた。サンダルをはいた小さな足がぶらさがる。

「パパ、パパ、もっとだっこ、だっこ」

「ああ、いいよ、ああ、いいよ」

「パパ、パパ、もっとたかく、たかく」

「ああ、いいよ。ああ、いいとも」

ケイさんは男の子を必死に持ち上げようとしている。ふーちゃんがそっとそばにいって、ささやいた。

「ケイさん、小さい子はかたぐるまがだいすきよ。手をもって、ぐるんとまわして、肩に乗せるのよ。大丈夫だから、やってあげてよ。おもいきって」

ケイさんは自信がなさそうに目をふせながら、でも言われたように、小さな手をぶらさげると、ぐるんとまわして、肩に乗せた。

「あっ、かたぐるまだ。パパ、だいじょうぶ？　つかれちゃうよ」

「大丈夫さ、ほら、ほら」

ケイさんはかたぐるましたまま、くるくると回ってみせた。きゃきゃと男の子の声がおどるように響く。海峡のはじのほうから、日が昇り始めると、空が赤くそまり、やがて散らばる光が空をすっきりと明るくしていった。

「ケイさん」

ふーちゃんが一歩前に出て、言った。

「うたってあげて、あたしがおとうちゃんから聞いた、おひさまの歌。教えてあげるから」

ふーちゃんはケイさんの耳にぶらさがるようにして、ささやき始めた。

ケイさんはその口に合わせて、歌い出した。

「ぼうや、

おひさまが　おおきい、おおきいよ

ぼうや　おひさまが　のぼる　のぼるよ

ぼうや　おひさまが　げんきでね、って

ぼうや、おひさまが　わすれないでね、って」

「うん、おひさま、わかったよ。やくそくするよ、パパ。まいにち、まいにち、こんにちは、ね」

男の子は元気な声をあげて、おしりをぽんぽん弾ませた。

ケイさんは肩のうえのぼうやをほいほいと揺らしながら、昇り始めた太陽をじっと見つめ続けている。その顔にやさしい笑顔がひろがっていき、その笑顔の目がかすかにぬれている。太陽は勢いをまして、ぐんぐんと昇り、海峡ではなみがきらきらとひかり始める。遠くの方から船の汽笛が鳴り響いてきた。

ケイさんは男の子を肩から下ろし、もう一度しっかり胸に抱きしめると、ゆっくりと手をはなした。

「さ、さきに、おうちに入りなさい」

「うん」

男の子は走って、玄関に入っていった。

私はあわててヘルメットをかぶって、涙をかくす。私も、むかし、確かに、だれかの肩にのっていた。その時の髪のかおりが、ながい時間をやぶって、ただよってくる。

その瞬間が一つの絵のように目のまえに浮かんできた。


「おひさまが、おおきい　おおきいよ……

おひさまが、のぼる、のぼるよ……」

家のなかから声が聞こえてきた。せのびして、窓のむこうをのぞきこむと、背の高い少年が、あの男の子とそっくりな顔をして、窓から空を見上げてうたっていた。

「ほら、見てよ、ケイさん」

私は思わず指差した。

「あの子におとうさんの思い出ができたわ」

ケイさんはせのびして、窓をのぞいた。

「あー、うたってる。大きくなったなあ、ああ、よかった。イコさん、ありがとう」

ケイさんは言った。

「お礼なんて。私は、ただの運転手」

声が妙に甲高くなっている。

「ぼく、もう行こうかな、思い切って」

ケイさんははるか下の海峡を見て言った。ゆうれいのぼーっとすけている顔がこころなしかしまってきたような。

「行くって……」

ふーちゃんは言いかけて、あっとあけた、口をむすんだ。

「でも、奥さんに会わなくってもいいの？　このまま、行っちゃってもいいの？」

私も口をはさむ。

「いいんです。ぼくの思い出なんて、ない方が……彼女には新しい幸せと出会ってほしいんです」

「そ、そういうもんなんだ。でもせっかくだからもう少しいっしょにオオタくんに乗って走ろうよ。さんぽのきもちでさ」

ふーちゃんが言った。

なんという気楽さ！

「さんぽ？」

ケイさんはまんざらでもない様子。目がちょびっとひらいたような。

「でもやっぱり……けりをつけないと……、きりないし……。あの子の思い出が中途半端になっちゃうと大変だし」

ケイさんはゆっくり顔を振って、姿勢をただした。

「さんぽのつもりで、気持ち良くむこうに行きますよ」

すると、その声を聞きつけたように、突然、日の光が寄ってきて、ゆっくりとケイさんのまわりを回りはじめた。それが勢いをまして、ぐるぐると走り出すと、そのまぶしい光に隠されるようにケイさんの姿は見えなくなった。あたりには無数の光のかけらがひろがり、ゆっくりと回っている。

美しい消え方だった。

ふーちゃんと私はただボー然と立ちすくんでいた。

「気が楽になった」

しばらくしてふーちゃんは言った。

「あたしもいつかきえるんだけど、どんなきもちだろうって心配してた。どうやら痛くはないみたい。心配することないね。ケイさん、きれいだったね。あの人、いい人だったんだ」

ふーちゃんはまだ残っている光のつぶが生きた蝶々《ちょうちょ》のように、ひらひらと地面近くを飛んでいるのを、目で追いながら言った。

「しあわせなゆうれい！」

ふーちゃんはうらやましそうに小さく溜息《ためいき》をつく。私もいっしょにうなずく。ぐずぐずと優柔不断なゆうれいだったけど、ずいぶんと潔く行ってしまった。

「いっちょうあがりだね。よかった、あのおじさんもきちんと見えない人になった！」

おてんばな言い方なのに、ふーちゃんの声のひびきがしみじみとしている。

「ふーちゃんたら、おかあさんみたいなこと言って」

ふーちゃんが照れたように肩をすくめる。

「あたしってほんとに中途半端でなさけないなあ。イコちゃんは、なるべく心残りないように死になさいよ」

「はい、わかりました」

私はかしこまって答えた。まったくよく言うよ。

オオタくんを道の脇に寄せて、私とふーちゃんは海峡の見えるせまい石段の上に腰をかけた。通りすぎる人が私を見て、いっとき心配そうに足を止める。

「おはようございます」

私はすかさず声をかける。

「きれいな眺めですね」

「ええ」

私のひざにのっているヘルメットをみて、とまどった表情を浮かべながら、私のとなりに座っているふーちゃんを通り抜けて降りていく。

「これからどうする？　また、乗っていく？」

私は、ふーちゃんの顔をのぞきこんだ。

「あたりまえ」

生きている身でゆうれいを向こうの世界におくる片棒を担いでしまった。これって余計なお世話じゃないだろうか。すこしこわいような気もする。

ぽんぽんぽーん

ボールがはずみながら、ころがり落ちてきた。そのボールは手のひらを広げると、あまるぐらいなおおきさ、そう、バレーのボール。

石段を一段ずつ、はねながら落ちてくる。

ふーちゃんが手を出して、つかまえると立ち上がった。

「あっ」と上から声がした。ふーちゃんがおどろいて振りむく。つられて、私も後ろをむく。かいだんの上に白いブラウスに水色のつりスカートをはいた女の子が立っていた。ふーちゃんよりは二つぐらい年下に見える。

「ねえ、あそぼ、ねえ、あそばない？」

女の子は首をかしげて、ふーちゃんに言った。

「ボールなげでもいいよ。ねえ、いっしょにやらない？」

「いいよ」

ふーちゃんはきびきびと答えて、ボールをなげかえした。女の子は受け取ると、

「こっち、こっちで」と言いながら、走りだした。

ふーちゃんは階段を駆け上がり、追いかけていく。私もひっぱられるように、ついていく。女の子はボールを手でつきながら、ちいさな駐車場に入っていった。囲むように同じような形の家が並んでいて、どこの窓からも洗濯物がさがっている。テレビ

の音が響いてくる。

「じゃ、いいね」

女の子はふーちゃんめがけてボールをなげる。ふーちゃんは両手で受け取るとぽーんとはずませ、足をあげて、その間をなんかいもくぐらせると、ぽーんと投げ返した。あっ、子どもの頃はやったマリつきだ。

「すごーい。うまいねえ。そんなおもしろいやり方、はじめてよ。かっこいいね。じゃ、わたしもまねして」

女の子もボールを足にくぐらせる。それをふーちゃんがよこどりして、また足のあいだをくぐらせ、うしろに回した手で強くつくと、女の子の方におくってやる。

「あんた、うまいね、どこの子？　第一小学校？　わたしは、旭《あさひ》小学校よ。でも転校したばかりなの。もっと教えて、このマリつきどこで憶《おぼ》えたの？」

女の子はボールを細かくつきながら、ふーちゃんに話しかけてる。

「ねえ、本当はどこの子？　近所に越してきたの？」

「うん、まあね。旅してるんだ。オートバイで」

「えっ？」

女の子は弾んでいたボールを止めると、聞き返した。

「オートバイ？　ひとりで？　まさかね」

女の子は、目をしばたいた。額に汗をかいている。

「ほら、あたし、かるいから」

「軽いから乗れるなんて……子どもはいけないんだよ」

「だって……」

ふーちゃんの顔があわてている。

「お、お、ばあちゃんといっしょなんだ」

「なんだ。おばあちゃんか……どこにいるの？」

ふーちゃんはおそるおそる私のほうに顔をむけ、目が不安そうにうろうろとあたりをさがしている。私が笑いかけても、反応しない。

「あ、そうだ。今、買い物にいってるんだった。だからここでまってたの」

「ハルヒちゃーん」

一軒の家の窓があいて、女の人が顔を出した。

「おでかけするわよ。かえってらっしゃーい」

女の子はふりむいて、「はーい、すぐ、いく」と叫び返した。

「ねえ、また、やらない？　わたしんち、あそこよ。いつでもいいからドアベル押して。ね、お友達になろう。お願い、お友達になってね」

女の子は手をぴらぴらとふりながら行きかけて、もう一度立ち止まると、「ね、約束よ」って、念を押すように言った。

ふーちゃんはその子が家に入るのを見届けると、振りむいた。驚いて目を全開にしたまま、声もでない。私のほうに走ってくる。

「イコちゃん、どこかに行ってた？」

「ずっと、ここにいたわよ」

「だって、だって、見えなかったんだもの」

ふーちゃんの体がすーっと青さをます。

「でも、よかった。あたしをおいてどっかに行っちゃったとおもった。それに、あの子、ゆうれいじゃないのよ。それなのにあたしのことは見えたみたい。イコちゃんのほうが見えなかったみたいなの。あたしにもイコちゃんが見えなかった。へんねえ。どうしてだろ」

私が見えなかった？　これは大問題だ。さっき横を通り過ぎて行った人は、たしかに私に声をかけた。ちゃんと見えていたのは確かなこと。でもあの子にもふーちゃんにも私が見えなかったのに、あの子に、ふーちゃんが見えたとは……。私はバイクのところまで歩いて、バックミラーをのぞいた。大丈夫、私は消えてはいない。やつれた顔をしているけど。このところいろいろ興奮つづきだったから、しかたがないとしても、疲れは相当たまっている。だからって、消えてしまうほど疲れてはいない。

でも用心しないといけない。この老体、むりを重ねているわけだから、頭が混乱して、いっときどこかにとんでいったのかも。どうもこのところむこうの世界とこっちの世界の境界線があいまいになっている。

あまりにも簡単にふーちゃんと会い、あまりの嬉《うれ》しさに、常とは違うスピードで走りすぎた。どこかに入り込んでしまったとしてもおかしくない。

「ねえ、イコちゃん、イコちゃんって、本当はだれなの?」

ふーちゃんの目がきらりとひかった。ぐっと口を結んで、いつもとちがう真剣な目つきをしている。

「旅の途中のおばあさん。東京生まれの、東京育ち」

私は強いて軽い言いかたで答えながら、もしかしたらこのまま少しずつ消えていくかもしれない自分の姿を想像していた。ラストラン!　そうだとしてもこの年だから文句は言えない。

「お願い、どこにも行かないで」

ふーちゃんはしがみついて言った。ぐっとうれしさがこみあげてくる。うれしいには違いないけど、この不思議続きに心の折り合いがなかなかつかない。

「イコちゃんが現れたとたんに、こんな面白いことばかり起こるんだもん」

ふーちゃんは言う。

「ずっとひとりぽっちで、だれにもあわないでよ、なにかをさがしつづけてよ、でもどうしていいかわからなくってよ。さびしいって気持ちもわからなくなってたのに、こんなに毎日楽しくなって……、元に戻るのは、もう絶対いやだ」

私もふーちゃんぐらいの時、同じだった。私にはだれもいないと思った。自分がこの世にいる価値も見つけられないでいた。心がとまったみたいになって、うれしいと不安になり、寂しいとこわくなり、二つの違いがわからなくなっていた。

「そう、そんなに楽しいの」

「うん、とっても、とっても。イコちゃんは？」

「もちろんおなじよ！」

私も明るい声で答えた。私だって、とっても、とっても楽しい！　母が十二歳の子どもで現れるという、なんとも不条理なこの逆転現象はどうしようもないけど、それはもうたいした問題ではなくなった。

「ねえ、ふーちゃん。こう見えてもさ、私まだ生きてるらしいから、おいしいもの食べたくなっちゃった」

私はねだるように、ふーちゃんのほっぺたを突っついた。

「イコちゃんのおいしいものってなに？」

「ビフテキ、それも厚いの」

私は景気をつけて、大きな声を出した。

「あー、浅草のね」

ふーちゃんはこともなげに言う。

私は小さいころ、たまに浅草に食事に連れていってもらった。食べるのはいつもクリームコロッケか、ビフテキ。

「お出かけ！」これは天にも昇る言葉だった。タクシーを呼び、値段を交渉して、走り出す。父がものすごく立派に見える瞬間だった。座席のまえの座板を手前に倒すと子ども用の椅子になる、足をぶらぶらさせるのがうれしくって、あの浅草行きのタクシーに、この母もいっしょに乗っていたのだろうか？

「あー、浅草のね」と言ったふーちゃんの声もはずんでいた。

まえにも本郷という地名を突然口にしたことがあった。

はっとふーちゃんが顔色を変えて、ひゅーっと息をすいこんだ。

「浅草って……東京？」

おずおずと、私の顔をうかがう。

「う、うん」私もどぎまぎとうなずく。

「あたし、どうして知ってるのかなあ」

「行ったことあるからじゃないの」

「そうか……そうかな」

ふーちゃんは安心したようにわらった。「わすれんぼなんだ、あたし」とつぶやく。

ケイさんの最期の姿が目に浮かんできた。こんな風に少しずつ、いろいろなことがわかってくると、ふーちゃんもあのように消えてしまうのだろうか。

ずっと彼女のそばにいたい。彼女の心残りでいたい。そして、ラストランを続けたい。ずっとずっと会いたいと思っていた人なのだ。

ホテルのステーキハウスは、人がまばらだった。でも中はびっちりといいにおいで詰まっていた。久しぶりにお腹が動き出す。私は老眼鏡をかけ、三百グラムのサーロインを注文した。

「は、はい」

ウエイターの口がつまずいた。大丈夫かって顔してる。

「焼きかげんは……」

「レアで」

私が答えていると、ふーちゃんがかぶせるように、「あかいとこないようにしてもらうのよ。お腹こわすから」と私の耳に囁《ささや》いた。

「ふーちゃんがたべるんじゃないでしょ」

私は、この押し付けがましい言い方に、口答えする。なんかゲームをしている気分でおもしろい。

関門橋《かんもん》をわたって、北九州の高層ホテルの最上階、窓の下には、満天の星、いや、町の光が見える。しずかにうねりをかさねて続くラテンの音楽が、あたりの空気に細かな波紋を作っている。久しぶりに背筋がのびる。あてもなくバッグに入れてきた絹のドレスだったけど、今夜はしっかり役に立っている。体にするするとふれるそのやわらかさは、革のライダースーツとはやっぱりちがう。

「アメリカ映画にでてくる人みたい」

ふーちゃんはそんな私を見ていった。

私はまたぎょっとする。そういう暮らしも経験してるんだ、この人は。

「なんていう映画だったの。私も見たかもしれない」

「足まである長いスカートはいて、踊っていた。きれいな映画だった……ああいうとこに行きたいなあと思った」

「いくつの頃？」

ふーちゃんは目をぎゅっと寄せて、眉間《みけん》も寄せて、ちょっと間を置いてから言った。

「死ぬ前」


ふた組のおきゃくさんがしずかに食事をしていた。声を落としたおしゃべりと、フォークのふれる音が遠慮がちに聞こえる。

私はトロピカルジュースをもらって、ちびりと口をつけて、そっとあたりを見回す。すると、照明からはずれて、ひときわ暗くみえるおくの席に、ひとりの青年が、ワイングラスを片手に座っていた。仕立てのいい濃い灰色のスーツに、白く光るワイシャツ、うすいピンクのネクタイ、いい趣味している。なかなかの美形だ。気障《きざ》かげんが私の好みだわあと、ふっと笑う。青年は右手をすいっとのばして、時計を見た。小さなミラーボールの光をうけてきらっと金色の光が飛ぶ。またワインを口に運んだ。自信たっぷりにゆったりと座っている。その姿は年齢の割になかなか堂に入っていた。

でもレストランのボーイたちは、その青年の方に目を動かそうともしない。なにも見えていないように、自然な動きをしている。突然、青年が顔をあげて、じっと見ている私に気がついた。とたんにおどろいたように顔色をかえた。私はあわてて目をそらす。

「あの男の人……ゆうれいよ。格好《かっこ》つけちゃって、まあすましちゃって」

ふーちゃんが憎らしそうにささやいた。

「また、ゆうれいなの！」

私は肩をすくめた。

「ほんとうに、おさわがせして、すいませんですね。でもさあ、どうして、こんな風に見えるようになっちゃったんだろう」

ふーちゃんはとまどったようにつぶやいた。

「どうしてかわからないの？」

「うん、あの温泉で会った二人はなりたてだからと思ったけど、それにケイさん、あの人は、とくべつなのかと思ったら……。イコちゃんはゆうれいを呼びよせるんじゃないの？　あたしもイコちゃんに呼ばれたのかな」

間違いなく不思議なことは起きている。

でもここは知らんぷりしてないと、またへんなことになりそう。はやく終わりにして、部屋に帰ろう。

私は運ばれてきたステーキを、一気に細かくきりきざんで、急いで口に運び始めた。

「なんで、そんなしゃっくりみたいに食べるの?」

ふーちゃんがまたおせっかいを言う。

すると、レストランの入り口があいて、シンプルなワンピースを着た女の人が小走りに入ってきた。そして青年のほうに近づいていく。

「あれれ、あの人はゆうれいじゃないよ」

ふーちゃんが息をのんだ。でもウエイターたちには見えていないようで、気を遣うようすがない。

「ごめんなさい。おくれて」

女の人は青年に言うと、椅子に浅く腰かけた。

「まさかおくれてくるなんて、おまえがさ」

意外なほど雑な言葉だった。

「すいません。出がけに用事ができて」

「そんなもんほっとけばいいんだよ。ぼくが待っているっていうのに。信じられないな」

　青年はズボンの折り目をすいとつまんで、足を組み替え、反り返る。

「………」

　女の人は肩をつぼめ、うつむいて、じっと自分の手を見ている。

「だいじな話だっていうのに……」

　青年は手をズボンのポケットにいれると、小さな四角い箱を取り出して、すいっと女の人の前に動かした。

「ほら、これ指輪。結婚することにしたよ。おまえを選んだよ、いいだろ」

　青年は言って、ちょっと笑顔を浮かべた。女の人は、顔をあげると、相手をまっすぐに見て、口をひらいた。

「そう勝手におきめになっても、申しわけございませんが、そのお話はおうけできません。この前もはっきり申し上げたつもりですけど」

「え、なに？　ちょっと遠慮しただけだろ？　ぼくをじらして」

　青年はにまっと顔をゆるめて、足を組み替え、もう一息反り返る。

「だから後悔してるんじゃないかと思ってさ。もう一度、チャンスをやるよ」

　女の人はきっと顔をあげた。

「あなたとは結婚できません。もう、約束した人がいるんです。なんどおっしゃっても、お断りです」

女の人は青年の目を見たまま、一気にいうと、「だから、失礼します」と立ち上がって、くるりと後ろを向いた。

「冗談だろ。そんなわけないだろ」

女の人はその言葉を全く無視して、歩き出した。

「おい、ちょ、ちょっと、待てよ」

声が裏返ってる。おどろいて、口をぱくぱく、あとのことばが続かない。

女の人は足を止める様子もなく出ていってしまった。青年は口をあけたまま、それをぼーぜんと見ていた。あり得ないことが起きて、それがどうしても信じられないでいる、そんな顔だった。

「心残りが、もっと心残りになっちゃったみたいね」

ふーちゃんが、ぼそっと呟《つぶや》いて、口をまげた。

「ゆうれいなのに、うぬぼれてる」

「お勘定はお部屋につけてね」と、私はボーイに言って、すぐ立ち上がった。

歩きだすと、青年も同時に腰を浮かせた。私はよこをむき、ふーちゃんをうながすと、そのまま知らんぷりして、まっすぐ、部屋に戻った。

ドアをあけると、窓のむこうに、対岸に立つ高いビルの明かりが見える。ガラス張りのエレベーターがすーっとのぼっていくとこだった。その上に細い三日月が、まあいいぐあいに浮かんでいた。

私は窓のまえに立って、じっと外を眺めた。ふーちゃんも私に寄りかかって、眺めている。

「あ」

突然ふーちゃんが小さな声をあげた。私が振りむくと、いつの間に入ってきたのだろう。さっきの青年がソファにうずくまるように座っていた。

組んで額にあててる手の陰から、涙がぽつりぽつりと落ちて、立派なスーツにしみを作っていく。ゆうれいの涙だ。しかも大粒。さっきとちがって、ながいこと放浪していたようなぐったりとした姿に変わっていた。

「残念だったわね。つらいわね」

私は青年に向かって言った。

「信じられない。まさか、まさか、ぼくが振られるなんて。こん夜は人生のハイライトになるはずだったんです。正式に申し込むつもりでいたのに、事故にあって、こんな姿になってしまった……せめて、彼女の『はい』っていう、答えだけでもききたくって約束通りここにやってきたんです。そうすれば心残りが、さっぱりすると思ったんだけど。残念、悔しい。でも、まさかこのぼくが振られることになるなんて。あんな返事がかえってくるなんて」

青年は胸のチーフを引き出すと、顔をふいた。

「ずいぶん、自信があるのねえ」

私は言った。

「当たり前です。ぼくぐらい条件のいい男はいないはずですから」

「でも、はっきりいって、嫌われたんだから」

ふーちゃんが言った。

「嫌われた？　そんなことありえない！」

青年はのどのおくで、ひゅいひゅいっとしゃくりあげてる。

なんてこった。ゆうれいに未練はつきものとしても、その原因はいつも過ぎてしまったところにある。いくらだだをこねたって、時間はもどすわけにはいかないのだ。ゆうれいにゆるされている自由は、納得するか、あきらめるしかないのに。

「ああいう告白の返事は、『はい』か『いいえ』だものね。真ん中はないんだから、しょうがないわ」

　ふーちゃんも私が思っていたことを、口にした。

　青年は、はっとしたように立ち上がって、頭をさげた。

「申し遅れました。ぼく、真中《まなか》道夫と申します。道夫さんって呼ばれています」

「ぷーっ」

　笑いそうになる。

　やっぱりゆうれいだ。落ち込みながらも作法どおりに名乗ってる。

「いきなりおどろかせないでよ。勝手に入ってきて。あたしはね、ふーちゃんっていうの。こっちは、イコちゃん。この人はゆうれいじゃないのよ。そこんとこは、はっきりさせとかないと……」

「わかっています。でもどうして、お互い見えるんでしょうねえ。ぼくはなりたてで、詳しいことはわかりませんが、普通は見えないんでしょ。ふしぎですねえ。これはふしぎすぎはしませんか」

　道夫さんは口をまげて、肩をすくめた。

「あたしだって不思議なの。ゆうれいは見えない人でしょ。でもイコちゃんといると、見えちゃうのよ。この人、電灯みたいな人」

「じゃ、ぼく、まだ完全に死んでないのかもなあ」

道夫さんは少しうれしそうに自分の足元を見て、ひとりごとを言った。

「そうだよ、このぼくが、こんな不幸に遭うわけないんだよな、まったく」

道夫さんは急にドアのほうに体を向けた。

「もう一度、行ってやらなくっちゃ。あの子、きっと後悔してる」

「道夫さん、へんな望みは持たないほうがいいわよ。人はね、人なの、ゆうれいになったら、ゆうれいなの」

ふーちゃんが追いかけるように、大人びた御説教を言う。

「でもね、彼女、遠慮したのかもしれない。そういう子なんです。ぼくの大切な人になってくれって、もう一度、ちゃんと説明しなけりゃ。『はい』って一言でいいんだ。それをききたい。このままじゃ未練が残って、はんぱになっちゃう！」

道夫さんは上着のほこりを親指と人差し指でぴんぴんとはじくと、身体を回して、ドアを抜けて行った。

それを見おくりながら、ふーちゃんが言った。

「イコちゃん、未練はいけないね。未練ってだんだんときたなくなっていくものね。もしむこうに『はい』っていわれたら、どうすんのよ。ゆうれいの恋人なんてさ、どうしようもないじゃないの。ゆうれいはかえられない、いつかは消えていくのよ」

「ふーちゃんは大丈夫よ。ゆうれいにしては、いきいきしてるから」

「いきいきしたゆうれい？　おせじでもうれしい」

ふーちゃんは言った。

「ねえ、イコちゃん、道夫さんみたいに、申し込まれたことある？」

「あるわよ、もちろん。うじゃうじゃ」

この際見栄《みえ》を張りたい。

「ほら、またそれだ。イコちゃんはうじゃうじゃが好きだね」

「景気つけなきゃ。でもそこそこいたわよ」

「うれしかった？」

「うーん、まあね。ふーちゃんは、どう？」

「やだ、あるわけないでしょ。十二よ。でも、道夫さんって、勝手すぎる。相手だって、好き、嫌いがあるんだから。それなのに、あんなにいばっちゃって。あたし、もっと自然に好きになる方がいいなあ」

「えーっ、どうかな。ふーちゃんはスピード好きだからね。こういうことって、思ったようにはいかないもんよ。恋に落ちるって言うぐらいだもの」

そう、やみくもの時期ってある。そういえば十四歳のとき、あの恋もやみくもに始まった。エスカレーターをさかさまに上るようないきおいだった。いつもいつも後をつけて、相手はきみわるがって、逃げ出した。

私もふーちゃんのことをとやかく言えない。先走るところがある。好きと思ったら、むこうも好きになるに決まってるって、全く単純だった。でも恋はバイクのハンドルみたいに思うように動いてはくれなかった。それでつぎつぎ失敗をかさねた。一番時間がかかったのは、二十代から、五十になるまでとぎれとぎれに続いたぐずぐずの恋。あの人は一枚上手だった。うまかったなあ嘘だけは。遊びのように嘘をついた。今は褒めてあげたいほどだ。嘘つき男は嘘をつきとおし、あっけなく見えない人になってしまった。あとになってどこからかでてきたこどもが二人。半年ほど私がそだてる羽目になった。なんてこと！　って思ったけど、それはそれで案外おもしろかった。今は二人ともちゃんと大人になって、時々近況を知らせてくれる。そのおかげで、そいつは心残りもなく、したがってゆうれいにもならず、しあわせな終わりを迎えたのだろう。ゆうれいの世界を知るようになって、それもありか、了解って、ことにしてあげる。

私はベッドにあおむけに寝て、窓から空を眺める。星がいっぱいだ。

「おかあさまは、空のお星さまになったのよ」

近所のおばさんは、私にこう言った。今、そのお星さまは、私の隣でお星さまを眺めてる。

「ねえ、イコちゃん、イコちゃんは幾つ？」

ふーちゃんがいきなり横を向いて言った。

「あれま、申し遅れましたね。七十四歳でございます」

「えっ、すごーいね。ずいぶん生きのこってるんだ」

「悪かったわねえ。のこっちゃったのよ。ところでふーちゃんは？」

私はわかっていたけど、聞いてみた。

「やだ、十二よ」

「ほんと？」

「らしい……でもね、もっと生きたんじゃないかって……思うんだ。だって、浅草なんて、行ったことあるんだもの。それに本郷って名前も知ってるし。みんな、東京でしょ？　十二歳じゃ遠いとこ行けないものね。でも、このところ急に思い出すのよ、名前だけ。その関係がとっても謎！」

ふーちゃんは、顔をしかめてかんがえながら、ポケットに手をつっこんだ。

「なんにもはいってないや。ケイさんにははいってたのに」

ふーちゃんはポケットをひっくり返して見つめてる。

「あたしはね、あそこの、川上の船宿のむすめなんだけどさ、それはまちがいないのだけど、それ以外あまりわからないの、おかしいよね。だれとつながって、だれに心残りがあるのか……それがまったくわからない！　心残りのさきが解らなくなるなんて、あっちゃいけない話だと思う。これがなければ、ゆうれいになってるはずがないんだから。でも怠けてたわけじゃないわよ、なんとかしなけりゃって、いつも頭のはじっこで考えてた」

「はじっこ？」

「まあね。イコちゃんに会うまでは、あんまり考えなかったけど」

「世の中、一度消えたようなもんだから、それはふーちゃんだけじゃないわ」

「なに、それ？」

「戦争で！　みんななくしちゃった」

「日本が？　どことしたの？」

「世界中相手に」

「えー、ほんと？　それで、どうなったの？」

ふーちゃんは乗り出した。

「見事に負けたの。爆弾で大きな町はみんな焼けて、私の家も焼けた。沢山の人が死んだのよ。戦争が終わったあとは、世の中大混乱で、みんな、心の落ち着け先をなくしちゃったのね」

「それって、ゆうれいにそっくりじゃない。でもイコちゃんは生き残ったんだ」

「子どもだったから妹と、うちで働いていた人のところに避難しててね。すごい山の中だった。でも東京の家は焼かれたし、だいじにしていたものはみんななくなった。大切な思い出の品物もすべてなくなって」

「だれか死んだの？　おかあちゃんとか……」

私ははっとして顔をふーちゃんに向けた。

「おかあさんはそのちょっと前に死んでたの。病気だったから、生きてても爆弾から逃げられなかったと思う」

「おとうちゃんは？」

「だいじょうぶだった。無事に戦争から帰ってきた。東京に残っていたおとうさんの新しいおくさんも助かった。でも、みんな焼けちゃったし。うちがなくなっちゃったもんだから、ちりぢりばらばら。私と、妹は二人迷子になっちゃったかと思って。こわかった。でも二週間ぐらいしておとうさんたちに会えたけど」

「よかったねえ。イコちゃん。迷子……、迷子ってこわいよね」

ふーちゃんは言った。

「その時、ゆうれいになった人沢山いたと思う。数え切れないくらい。心残りを抱えてたゆうれいも、いっぱいいっぱいいたと思う」

「ふーん」

ふーちゃんはその同類を探すように、窓の外に目をむけた。

「お互い会えないからなあ……イコちゃんといるともしかしたら会えるかもしれないね。ケイさんや、道夫さんのように」

「でも、もう長い時間がたったからねぇ」

「あたしなんか、幸せなゆうれいだよね。生まれた川上の家は残ったもの。あれ、昔のままよ」

「私も、びっくりしてる。すごく古いものね。よく、残ってたわね。ふーちゃんががんばってすんでたからかも」

「そうかな」

「その洋服ね、おとうちゃんが競馬で大儲《おおもう》けしてね、買ってくれたフランス人形の洋服とおそろいなの。とってもすてきだったから、同じのほしくって、あたし、大泣きしたの。それまではごわごわの木綿のきものばかり着てたから、同じのほしくって、ほしくって。それでおかあちゃんと神戸までいって、あつらえたのよ。かわいいでしょ。脱ぎたくないからいつも着てる。お人形の名前は、フランスから来たから、フランちゃん。あの子、どこにいっちゃったんだろう。床の間にかざっておいたんだけど。いつの間にかなくなってる」

　その人形ならぶらんぶらんになった手や足を私は何度もつくろった。ドレスの色もすっかりあせ、うすくなり、水色の瞳《ひとみ》も灰色に変わって留守にしてきた私の家の棚の上にのっている。やっぱりフランちゃんという名前。ふーちゃんから受け継がれた名前だったのだ。疎開するとき、抱きしめてはなさなかった私にあきれて、無理やり荷物に入れてもらったのだった。駄々《だだ》こねるところまで受け継いでいる。人形はレースのペチコートを何枚も重ねて、そういえば昔は赤い水玉もようのシフォンのドレスを着ていた。袖もちょうちん袖。靴も、靴下も、パンティも、もちろんドレスまで脱がすことができた。そのしたにはふーちゃんそっくりの細い体が隠れていた。

　子どもの私は洋服を脱がしては着せ、脱がしては着せ、そして下手なりに何枚も洋服を作ってあげた。ちいさな引き出しいっぱいになるほどだった。

それからずっと洋服を作り続けて、それが私の一生の仕事になった。

「ふーちゃん、お洋服作ってあげるね。好きなだけ」

私は夢中で口走っていた。「大丈夫みたいよ。ちゃんときれいに着れるようだから。そんなじみなのじゃなく、かわいいの作ってあげる」

「ほんと？　でもあたしの好みもきいてよ。このドレスはお上品すぎるもん。やっぱり水玉ちゃんがいい」

おやおや！


「あのー」と声がする。

「あら、またあんたなの？」

いつの間にもどってきたのだろう、部屋のソファに道夫さんが座っていた。

「やっぱり彼女、だめでした。心変わりして……」

悔しそうにうなだれている。

「心変わりじゃないわよ。初めっから心はなかったのよ」

ふーちゃんは残酷にも、率直すぎる。

「彼女の結婚相手は金もないオタク野郎でね。みじめな暮らしが目に見えてるのに。ばかだよ。ぼくはとっても素敵な計画たててたんだよって言ったら、そんなもん、って、こうですからね」

「うぬぼれてるう！　間違えないで、道夫さんがよ」

ふーちゃんはほんとうに頓着《とんちゃく》ない。あごを、ほらごらんとでも言うようにしゃくって見せた。

「子どもに言われたくないなあ、そんなこと」

「でも、ゆうれいとしたら、あたしは先輩ですから」

「すいませんねえ。ぼくは、どうせ未熟者です。こんな姿になったのは昨日からですから。駅に着いたら、すごい夕立でね。歩き出したとたん車にぶつかっちゃって。気持ちがふわついてたから」

道夫さんはむせるように声を詰まらせた。

「たったの二十八歳なんです、ぼく」

「あたしは、たったの十二よ」

「いばるなよ」

道夫さんはふーちゃんの勝ち気で、勝手な横やりに、すこし気分が晴れたようだった。ゆがんでいた筋肉がふっと和らぐ。

「ところで、あなたの素敵な計画って、なんだったの？」

私はこの超かっこつけ青年に興味を持った。

「晩餐会《ばんさん》」

単語が一つ、ぽんと飛んできた。

なんてまあ、いまどき、人をからかうようなことを。

「だれと？」

「もちろん……」

道夫さんは言いかけて、「ああ、いいこと思いついた。おばさんたちをご招待しましょう。ここでお会いできたのも、ご縁です」と、丁寧な言葉に換えた。

「豪華晩餐会ですよ。なにもかも最高です。断言できます。星がたくさんついてる芦《あし》屋《や》のレストランから、料理をとどけてもらうことになってるんです。さ、行きましょ、ぼくの家へ。ちょうどいい。むだにならなくって、ちょうどいい」

豪華という割には、あんがいせこいことも言う。

道夫さんはいきなり私の手をひっぱった。

「イコさんみたいな方とご一緒できるなんて、光栄です」

「お世辞言って……」と言いかけた言葉にかぶせるように、道夫さんは「さあ、荷物まとめて。明日《あした》はぜったいいい夜になります。請け合います」と言った。さっきまでのめそ男は消えて、透けてる身体のまわりにもはや贅沢《ぜいたく》な空気まで漂わせ始めている。

「いいね、いこ、いこ」

ふーちゃんがはねてる。

今夜はこのホテルでゆっくりするつもりだったのに……でも、こう言われちゃあ、見たい、聞きたいのイコさんとしては、止められない。

(死んでもなおらないなあ)

やだ、まだ私は死んでないのよと、自分につぶやいて、おかしくなった。ライダースーツをあわてて引っ張って、身体を入れる。

「やっぱりさ、気取ってるイコちゃんより、その方がいいよ」

ふーちゃんはとってもごきげんだ。彼女もあたらしい出来事が好きなのだ。

私は一泊分の払いをすますと、ホテルの地下の駐車場から、エンジンのうなりをあげて、出発した。気分は前向きで、しかもつんのめるように大急ぎなのだ。三人とも気がそろっちゃってる……。やれやれ！

海岸沿いから神戸の街に入り、トンネルを抜けて、坂を上って行く。

新緑がすぎて、色を濃くし始めた並木のアプローチをすぎると、前面に広いテラスが張り出した屋敷があらわれた。

いまどき、こんな豪邸があるの？　っていう、すごさ。左右に翼を広げたような形は、ベルサイユ……？　大分おおげさだけど。でもこの表現が許される範囲内だ。

ゆうれいとの旅は不思議な速度で過ぎていく。どうやらバイクをハンドリングしているのは、私ではなく、見えない人たちらしい。

夕方の気配が品良くただよっている。

ちょうどよさそうな時間帯にどんぴしゃりと到着するなんて、やっぱりこの技はただならない。バイクをとめて、階段をかけあがる。私をまん中に、三人は横並びに手をつないで、「せいのう」って、笑いながら分厚い扉を通り抜けた。

「ひゃ〜〜」って、叫ぶ。

広間にほどよくおかれた家具がお揃いで鈍く光っている。そのずっと奥に長方形の磨き込まれた食卓があり、表面に、天井のシャンデリアを映していた。

「あっ、この家具ね、ジョージア風っていうの。外国の骨董《こっとう》品。イギリスの王様の名前よ」

ふーちゃんがこともなげに言う。そして、鈍く光っている家具の表面をいとおしそうになぜた。

「そのとおりだよ。どうしてそんなこと知ってるの？　ここに来た女の子でそんなこと言ったの、ふーちゃんがはじめてだ」

「だって……、本で見たことある。外国の本」

ふーちゃんはなつかしそうに目を細めている。

「もっと知ってるよ。チッペンデールの椅子とか……。あたし、一生懸命名前をおぼえたのよ。きれいでゆめのような家具ばかり。あっ、ステンドグラスも……」

ふーちゃんは窓の方に目をやって、うれしそうに言った。

この子の中身はいったいなんなのだろう。田舎町の、ちいさな船宿の娘なのに。外国の家具の名前を平気で口にする。

(どこで、おぼえたの？)そう聞こうとして、私ははっとした。ふーちゃんの夫、私の父は戦争で焼けるまで、がらくたをあつから古道具屋だったけど、妙におしゃれなものが好きだった。そう、こまかい彫り物のある懐中時計にこっていたっけ。趣味の合わないものは不自由でも持たないという人だった。ふん、出どこがわかったぞ。記憶も物の怪《もののけ》のように、思ってもいないときに顔を出す。

私はだまって重たいカーテンを引き、窓をあけた。眼下には神戸の街並み、そのむこうに摩天楼がそびえる新しい町。その間から見える海では客船がゆっくりと舳先《へさき》を外洋にむけ、進んでいた。

言うことなし、まったく。しばし見とれてしまう。

「間に合って良かった。もうすぐ料理が届くはずです」

道夫さんは言った。

「え、お料理？」

「いよいよ晩餐会です」

「でも、あなたは……ゆ、ゆうれい……なのに？　ご馳走《ちそう》食べるの？」

「もちろんよね」

身体をまわして、まわりの壁の絵や、彫刻や、かざりをきょときょと見ながら、ふーちゃんが横から口を出した。

「ごっこ食べするわ、あたしたち」

「そう、食べます。でもぼくたち見えない人だから、イコさんに手伝っていただかないと。ご馳走を届けに来たって、受け取れないし、どうぞ代わりにおねがいします」

私は自分の姿を見た。晩餐会とくれば、おしゃれをしなくちゃ。

かばんから毎度のドレスをひっぱりだし、隣の部屋に駆け込んで着替える。

そのとたんだった。

車の止まる音がした。

じりりじりりじりりー
ベルがなる。

三人そろって、びくりと身体をふるわせた。

「さ、はやく、あけて」

道夫さんは自分でドアのほうに行きかけて、あわてて私の背中を押す。

「は、はーい。ただいま」

私は深呼吸を一つ、なるべくゆったりと動いて、ドアを開けた。

ウエイター風に蝶ネクタイに黒いスーツでぴたりときめた男の人が二人、大きなかごの両端を持って立っていた。

私を見て、おやって顔をする。

「こちらは……」といって、口をもごもごさせた。

「あっ、ご主人さまね、今、お風呂《ふろ》に入っていらっしゃるんです。代わりにいただくようにって言われてます」

とっさに言いつくろう。

「そうですか、じゃ」

二人はかごをテーブルの近くの棚に載せると、蓋《ふた》をあけ、なかから、まずテーブルクロスをだして、広げ、それからナフキン、ナイフにフォークにお皿にグラスとレストランのように並べた。それから氷につけたワインと半球形の蓋をかぶせた大きな銀の入れ物をまん中に置くと、その下に小さなローソクの火をつけた。お料理をさまさないためらしい。それから大きな花瓶を取り出して、豪華な花を生けた。

あっという間に見事な晩餐《ばんさん》会の用意が出来上がった。

「それでは、どうぞ。ごゆっくりお楽しみください」

二人のウエイターはかごを抱え、ふかぶかとお辞儀をすると、帰っていった。

「すごい」

おもわず唸《うな》ってしまう。金持ちの出前とはかくもゴージャスなものか！

いいにおいがする。

そっと蓋を持ち上げる。ゆげがぽーっとあがり、その下からうつくしい色どりの料理が現れた。

「だれと、だれがたべるのー」

すかさずふーちゃんの声が飛ぶ。ほっぺたがぷーっと膨らんで、目がとんがっている。

「ぼくたちだよ」

道夫さんが言った。

「だって、お皿二人分しかないじゃない」

不満でふくらんだほっぺたが更に膨らむ。

「あっ、ごめん」

そう言って、道夫さんは顔をゆがめた。いっしょに食べるはずだった人を思いだしたのだろう。

「すぐもう一人分、用意するね」

道夫さんはいそいで戸棚の引き出しを開けて、テーブルのうえに同じようなお皿を出して、並べた。

「これなら、いいよ。さ、食べよう」

たちまちご機嫌になったふーちゃんは、ぺろりと舌を出した。

「そうだよね、三人いっしょじゃないとね」

道夫さんもやさしい顔になっている。

「イコさん、二、三日中に、この家、壊されることになっているんですよ。それまではだれもじゃましません。ぼくは一人っ子だし、両親も親戚《しんせき》もいないし、警察も九州で死んだのが、ぼくだってわかるまで時間がかかるでしょう。この家は親から残されたものだけど、ナンパする時だけ使っていたんです」

道夫さんは上目づかいに、私を見た。

「あら、そう」

私はちょっと肩をすくめて見せた。

「で、でも、彼女はちがいますよ。ぼく、本気も本気でした。運命の人だと思っていました。嘘ばっかりついて、大見得切って遊びほうけて、目的もなくずるずる生きてたときに、彼女と出会ったんです。でもごらんのようにあっさり断られました。まさか、まさか……このぼくがって、思いました。ぼくが嫌われるなんて。信じられないって！　今まで手当たり次第でしたからね。いやだといっても、ここでおしゃれに食事でもすれば、いちころでしたからねえ。でも彼女はだめでした。見事にばちあたっちゃいました」

道夫さんは、ちょっと息をついて、うっすらと笑いを浮かべた。その笑いの底に、だれかに文句を言いたそうな表情がまだ見え隠れしていた。

「あまったれなんだから！　出来ないことは、出来ないのよ。死んじゃってるのに、結婚申し込むなんて、常識ないよ」

ふーちゃんの言葉は容赦ない。

「子どもに言われたくないね」

道夫さんはぷいっと横をむく。

「まあ、いいんじゃない。人を好きになるのは自由よ。成就しない恋……そういうのも残念だけど……あるわよ。でもそれが、後になって深い思い出になる……」

私はとりなすように言った。

「でもねえ、考えてみるともっともなんですよ。振られるの当たり前でした。こんな家もってると、ちやほやされるから、格好をつけて生きるようになっちゃって。働くなんてみじめたらしい。それなのに金は使い放題。親が残してくれたものもあっという間に消えました。すると、金を借りまくって、ないのにあるふりをして。さっき言ったようにこの家だって人手にわたり、もうじき壊されるんです。こんなこと続けていれば、性格、わるくなりますよね。たえず嘘ついてるようなもんですから、そこを彼女には見事に見抜かれたんですね。だませると思ったんですから。ぼくって、なんて野郎でしょう」

道夫さんはうなだれると、「死んだらもう修正はききませんからねえ。心残りです。でももしかしたら、ぼくには許されるかななんて、思って……諦《あきら》めわるく、もう一度会いに行ったけど……やっぱりだめでしたね。全くうぬぼれ野郎です、ぼくは」と、力のない声で言った。

それからふかい息をふーっと一つ吐いた。

「イコさん、どうぞご遠慮なく召し上がってください。ぼくたちのことは気にしないで」

「じゃ」

ちょっと気取って、私はスカートのはじをつまんで、椅子に座った。

「あ、ぼくも」

道夫さんは急いでしわになった服を引っ張った。近くで見ると、仕立てのよさがいっそう際だっている。

とたんにふーちゃんのほっぺたがまたぶーっとふくらむ。

「二人ばっかり、おしゃれして。あたしは、どうせこれよ」

ふーちゃんは片足上げて、下駄《げた》をぶらぶらさせた。口は不満度最高のへの字。

「わー、女の子のものねえ……」

道夫さんはうろちょろまわりを見まわす。それから引き出しをあけ、白いかすみ草のように繊細なテーブルクロスをだすと、「これでがまんして」といって、ふーちゃんの肩にかけた。

ふーちゃんはそばの戸棚のガラスにうつしてみて、「うん、いいよ」と、あっさりと言った。でもその言葉とはうらはらに、まんざらでもない様子で、いろいろ角度を変えて眺めている。

「く」なんて、のどのおくで、満足そうな音までだしてる。この人はほんとうにおしゃれなんだ。

「さあ、みなさん、晩餐会を始めましょう」

道夫さんが気をとりなおしたように、明るい声でいった。

それぞれ気取って、姿勢を正す。

私はみんなのグラスにワインをそそいで、二人にも料理を取りわけた。見渡すと、ほんとうに豪華だ。

「かんぱい」

でもワインが流れていくのは私の口だけ。ふー、おいしい！　一人暮らしではワインを飲む機会もあまりない。久しぶりの一杯だった。

この歳になるまで、こんな気取った食事ははじめてだ。胸はときめきと言うよりは、どきめきしてる。

二人の目がじーっと私の口元に。

「ご満足？」

ふーちゃんが聞く。

「そりゃもちろんですよ。イタリアのヴィンテージものを頼みましたから。ちょっと花のかおりがするでしょ」

道夫さんが得意そうに言いながらも、それでもワインから目をはなさない。うらやましそうに口がゆるんでる。今までの贅沢《ぜいたく》な暮らしが、見える。

「私、ひとりでご馳走《ちそう》になっちゃっていいの？」

「代表してたべてください」

道夫さんが言った。

「イコちゃん、ラッキーチャチャチャでしょ」

ふーちゃんがもってるワイングラスをマラカスのように揺らす。

「ふーちゃん、その言葉、どこでおぼえたの？」

古いゆうれいのはずなのに、流行語を使ったりするのを、ずっと不思議に思っていた。

「聞こえてきたから」

「いつ？　どこで？」

私は思わず乗り出してしまう。

「うらの土手を歩いてた女学生が、みじかーいスカート、ぷりぷりって動かして、『ラッキーチャチャチャ』って、わらっていたの。そしたらいっしょにあたしのからだも、『ラッキーチャチャチャ』って動いてた。だーいすきな言葉になっちゃった!!

でもどんな意味？　うれしいって、ことでしょ」

ふーちゃんは細い足を音にあわせて器用に動かして見せる。

「じゃ、『引きこもり』って、言葉は？　いつかつかってたでしょ」

「うん、それってゆうれいのことでしょ」

ふーちゃんは、「なんかぴったりだもん」とこともなげに言う。

なるほど、当たってなくもない。

「それはどうしておぼえたの？」

「うらの土手にはいろんな人がたちどまって、おしゃべりするのよ。わらうこともあるけど、深刻そうに顔よせて話してるときもある。それきいてると、いろいろなことがわかってくるの。それにテレビ。退屈すると、お隣のうちにそっと入り込んで、みさせてもらってたの。だれとも話したことなかったけど、何回もきいてると意味がわかってくるのね」

そういうと、ふーちゃんは口の中で、「チャチャチャ」とつぶやいた。

「お二人を前にご馳走ひとりじめで、わるいわね」

私はまたグラスをあげて、口に運ぶ。

料理はうつくしく盛り付けられていた。生ハムといちじく、ヒラメのカルパッチョも、捩《ね》じりん棒のような細いパスタ、こちとあさりのアクアパッツァ。どれも上出来以上の出来だった。

「ねえ、ねえ、これって、洋食？　ビフテキとおんなじ？　わーちいちゃいトマトだ。ぱくってたべれるね」

ふーちゃんが矢継ぎ早に質問する。

「そう、ぱくっ！」

私は大きく口をあけて、トマトをほうりこんだ。

見ているふーちゃんの口もぱくって動く。

道夫さんがボサノバのＣＤをかけてくれたのをいいことに、私はグラス片手に、立ち上がり、ふらふらと踊りだした。すっかりワインが回って、久しぶりのたらーんとした酔い心地。

ふーちゃんも踊る。道夫さんも踊る。かわりばんこに手を取り合いながら、笑い合いながら踊る。いっしょに天井のシャンデリアがくるくる回る。その光をうけて、どの目もちょっとうるんで、光ってる。音楽は繰り返しなり続け、そしてぱたりと止まった。

「最後の晩餐《ばんさん》」

道夫さんがつぶやいた。

「ぼくの人生はこれで終わり。おなごり惜しい人はなし、悲しんでくれる人もなし」

道夫さんは終わりの方は放り投げるように言って、くーっと両手で顔を蔽《おお》った。

「ううん、いるじゃないの。おわすれなく。あたしよ。ふーちゃんよ。ゆうれいじゃ、いや？」

「そうだね、ありがとう。とってもうれしいよ。でもひとりぽっちのぼくは、心残りを、そのまま抱えて、あきらめを道連れに、行くんだ。じゃ、もうそろそろかな」

道夫さんは自分の言葉を溜息《ためいき》のように言う。あごに手を当てて、ふっと上を向いた。最後まで気障《きざ》は抜けない。

「あ、そうよ。ちょっと、その前に、ポケットのなかみてみたら」

ふーちゃんが思いついたように言った。

道夫さんはけげんな顔をして、ズボンのポケットに手をいれた。中で手をごそごそと動かしている。

「なにもはいってないの？」

ふーちゃんが聞いた。

道夫さんは返事もしないで、手を動かし続けて、

「あっ」

と、いきなり声をあげた。それから後ろをむいて走り出した。広間を横切り、階段をのぼっていく。ふーちゃんがあとを追う。私も……でもこっちは生身、しかもご老体、情けないこと手すりにすがるようにしてのぼる。天井がたかいので、階段ははてしなく続く。のぼって、のぼって、三階まで。

すると、道夫さんは長い廊下の先の鍵《かぎ》のかかった戸を通り抜けていく。続いてふーちゃんも両手をまえにのばしてつっこんでいく。私はふーちゃんの足めがけて、必死に飛びつき、あやうくセーフ。つられたマグロみたいに、引っ張られた。

中は真っ暗、かびくさい。目が慣れてくると、そこはからっぽの納戸だった。

「あそこ、あそこに、ミニカーが！」

道夫さんがぴょんぴょんと跳ねている。「イコさん、すいません、踏み台になってください」

おやおや、このおばあさんに、四つん這《ば》いになれっていうの。ゆうれいのくせに浮くことも出来ないのか……。おまけに、今まで見ているかぎり、この人たちゆうれいは遠距離移動も出来ないらしい。それで余計にバイクに興味をもつようだ。道夫さんは私の背中に足を乗せて、せのびをする。体の重さがないのがありがたい。すると上の方から細い光がもれてきた。

天井の板をずらしたらしい。

「あっ」

道夫さんがころげ落ちて、私の頭の上でバウンドしてころがった。

「あった！」

道夫さんは私を飛び越し、そのまま超スピードで壁を通り抜けていく。ふーちゃんも今度は忘れずに私の手を引っ張って飛び出した。

すぐまえの広い廊下に道夫さんが小さな男の子のように足をなげだして、座り込んでいた。その二本の足の間で、手の中に隠れてしまいそうな小さなミニカーを、ちゃーっと音をさせて動かしている。力を入れてこすると、水色のミニカーは驚くほどはやく走る。手をのばして、走って行くのをつかまえては、また走らせる。びしっとした盛装の男と小さなプラスチックおもちゃ、このアンバランスに道夫さんのいままでの暮らしが見えてくる。

私とふーちゃんが覗《のぞ》き込んでいるのに、顔もあげない。

「ねえ、それがどうしたっていうのよ」

ふーちゃんがじりじりした声で言った。

「ポケットにはなにがはいっていたの？」

それでも返事が返ってこない。

「ねえ、おしえてよう」

「は？　なんだって？」

道夫さんはとんちんかんな顔をして私たちを見上げた。

「ポケットになにがはいっていたか、聞いてるのよ」

「あ、なんにもなかった。でも思い出したんだよ。子どもの頃ポケットにミニカーが入ってたことを。それとかくしていた場所もね。これだいじな宝物だったから」

道夫さんはミニカーをすいっと動かし、顔をあげて、笑った。ちいちゃな坊やの無邪気な笑いだった。

「こうしてると、ぼくが運転してるみたいだった。こんな小さいのに、こんなに速く走るんだよ。それで、大人になってから、スーパーカーに夢中になっちゃってさ……考えてみると、これつながりで、贅沢《ぜいたく》が始まっちゃったんだよな」

道夫さんはミニカーを二つの手のひらで、あたためるように抱えて、じっと見つめている。

「ママがいて、パパがいて、いつも三人そろってて、わらって、おいしいものがあって……。なんでもかなえてもらってた。あーあ、幸せだったなあ、あの頃は……思い出しちゃったよ。幸せってさ、わすれちゃうもんなんですね。反対に不幸せはしつっこく憶《おぼ》えているのに。ぼく、この車に乗ったつもりで、あの頃の気持ちになって、むこうへ行きますよ」

道夫さんは私とふーちゃんをかわりばんこに見て、言った。

私は子どもの時から、欠けたところのないごく普通の家族に憧《あこが》れていた。大人になって手に入れることが、大きな目的でもあった。それなのに憧れはするりするりと私の横を通り過ぎていった。とうとう私はつかまえる手を持てなかった。落ちつかなく、せわしなく、せっかちに手をのばしつづけてつかまえそこなった。道夫さんのように、すべて持っていても、失ってしまう人もいる。

私はそばに立っているふーちゃんをしみじみと見る。その欠けてしまった人がここにいる。

「あ、そうだ」ふーちゃんは、脇のポケットに手を入れて、はっとしたように表情を変えた。

「イコちゃん。あたしも家にかえりたーい。いっしょに行ってくれる？　なんだか帰りたいの」

ふーちゃんは今にも行きたそうに体を前にむけた。

「ええ、もちろんお付き合いしますよ」

私はうなずいた。

「じゃ、イコちゃんはやくきがえて、出発しよう」

ふーちゃんはもう私の手を引っ張ってる。

「えー、もういっちゃうんですか？」

道夫さんはミニカーを握ったまま腰をあげた。

「いいでしょ。道夫さんはもうすんだじゃないのー」

ふーちゃんは鼻にしわを寄せて、顔を突き出した。

「じゃね。道夫さん。あ、そう、向こうに行くのって案外楽ちんみたいよ。あたしケイさんっていう人のとき、立ちあったから、知ってるの。光の車に乗って行くみたいにきれいだったわ。今すぐ行くなら、お見送りするけど」

ふーちゃんが言った。

「えー、今、今、すぐですか？」

道夫さんはうろうろと決めかねるようにあたりを見回した。

「そう急に言われてもなあ……」

「でも、待ってみたって、身分は変われないのよ」

ふーちゃんは先輩ぶって、「でしょ」ともう一度言った。

「うーんと、で、でも……この家どうせ壊されるんだから、それまでぼくはここに残るよ。ぼくの心残りはいつまで待っても解決するわけじゃなし、家だってひとりぽっちで消えるのはさびしいだろうから。いっしょに消えることにするよ」

道夫さんはうつむいて、すーっと壁の腰板をなぜた。

「あ、そう。じゃ、すきにすれば」

ふーちゃんの言いかたは冷たく思えるほど、あっさりとしている。もう少し名残を惜しんであげてもいいのに。私も子どものころ、「あいそがないねえ」とよく言われたっけ。そのルーッを横目でにらむ。

「道夫さん、消えるんじゃなくて、ちょっと移動するだけだと思うわよ。すぐおとなりの世界へ」

少し慰めてあげたくなって、言葉を添える。ふーちゃんとのこんな毎日を過ごしているうちに、向こうの世界って、ちょこっと横町をまがったところにあるおとなりさんのように思えてきた。

宴《うたげ》はもう終わりなのだ。

私はまたライダー服に着替える。ブーツで足をしめあげて、とんとんとつま先をける。ふらっとする。

「おやおや、すぐはだめだわ。お酒が入ってるもの。この世では酔っぱらい運転は禁止。おまけに私はこの世の人だもの」


夜が明けるとすぐ、ガラスの向こうで、しきりに手を振る道夫さんをのこして、うすい靄《もや》の中、わがオオタくんは見た目一人、実質二人を乗せて発車した。並木を抜けたところで振り向くと、木にかくれてもうなにも見えない。果たしてこのむこうに、豪華な館《やかた》、そしてあの不思議な晩餐《ばんさん》会がほんとうにあったのだろうか。

「簡単に考えれば簡単で……むずかしく考えれば、難しい」

　ふーちゃんがぽつりと言った。


　ナビの目的地をまた川上にセットする。矢印は西を指しはじめた。それに従って、ひたすら走る。背中に張り付いている人が足を振って、やけにいそがせるのだ。

「あたしね、あの川上の家に長ーいことといたような気がするの。まわりは家がこわされたり、また建ったり、道ができたり、広くなったり、堤防ができたり。でもあたしの家は変わらなかった。ねえ、どうしてだと思う？　不思議よね」

「不思議と思えば不思議だけど。ふーちゃんがあそこで頑張ってたからよ。きっとそれだけあなたの気持ちがつよかったのね。ふーちゃんは、ゆうれいだから、不思議なことにはくわしいんじゃないの？」

「じゃイコちゃんは生きてる人のことくわしい？」

　ふーちゃんが私の背中に顔を押し付けて、風をよけながら言った。ふーちゃんの反論はいつも鋭い。

「生きてる人の世界でも、思ってもみない不思議なことが起こったりするわ。あの、下関の階段で、ボールを持った女の子にふーちゃんが見えてよ、私が見えなかったときがあったでしょ。あれはなんか不思議で、こわい」

「だからさ、見えるか見えないかは、その人の問題なのよ。こっちが心配することない。あり得ないって思ったって、こっちがかってにそう決めてるのかもしれないもん。でも、あの時、あたしにもイコちゃんが見えなかった。これは本当だったわ」

この世とむこうとの境目が薄くなる時があるのかもしれない。本人の自覚もないままに、入れ替わったりして。あのとき、あの子の強い気持ちで、いっときふーちゃんが呼ばれ、代わりに私が消えたということかも。

「あの子、とってもふーちゃんと遊びたかったのよ、きっと。友達がほしかったのよ。あの子の気持ちが不思議を呼んだのよ」

「うん、あたしに飛びつくようだったもんね。ああいうことって、ありなんだ!」

ふーちゃんは、また今風な言葉でうなずいた。

五歳の時、母の死と出会って以来、私にとって死は絶大なる力をもっていた。それには絶対逆らえないと、いつもおびえていた。お腹を抱えて笑っている時も、いつもどこかに死は隠れていた。にぎやかな遊園地の木馬にゆられている時も、いつかやってくる死を思っていた。だからまったく心からの安心がなかった。死はいつもむこう、敵側にいたのだ。生きてることと、死ぬことをはっきり、くっきり二つの世界に分けて、それを物差しにしてはかり、律儀に反応し、振り回されていた。

でもふーちゃんたちゆうれいとつきあって、この二つはもっとゆるーくつながっているような気がしてきた。ゆうれいという名前のわりには、しっかり自己主張もする。それでいて、不安も抱えている。この人たちの行く先が、まったく隔絶した世界だなんて、とても思えない。もっとにぎやかなところじゃないと、似合わない。行ったり、来たりのバリアフリーは無理にしても、ちょこっと覗《のぞ》こうかなという気楽な気持ちが許されるところのような気がしてきた。こわいはずのゆうれいに出会って、反対に安心をもらった。

オオタくんは走る。腰をくねらせこっちとあっちの二つの世界をぬいつけるように走り続ける。

大きな町をすぎ、海辺を走り、山の裾《すそ》をまわり、同じような家の並ぶ町をすぎ、田んぼを見下ろす丘の道をまわりこむように進む。オオタくんは道のカーブに身をあずけるように傾いて、また傾いて走る。

地形によって風の形が変わる。よこになったり、縦になったり、見えない織物に触れているようだ。

見覚えのある川沿いの土手にでた。川のながれと並んで走る。

ふーちゃんと出会った時に泊まった「健康ランド」の屋根を、もうすでになつかしい気持ちで横眼で見ながら、バイクのハンドルを強く回して、スピードを上げる。むこう岸では、暗くなり始めた竹藪《たけやぶ》が音もなく揺れていた。

「あっ」

突然背中で叫び声がする。

声とともに、目に飛び込んできたのは、土手の下で崩れてるふーちゃんの家だった。ひきむしられたように壊され、無残な姿になっている。少し残された二階の部分を、夕日の名残が浮き立たせていた。

私はあわててバイクを止める。待っていたようにふーちゃんは飛び降り、はげしく声をあげながら、土手を走っていく。そして、壊された瓦礫《がれき》が散らばっているなかをぽんぽんと飛び越していく。

中庭だったところは外から丸見えになって、ショベルカーが生き物のようにうつむいて置かれていた。宿屋の宝だった松の木、梅の木が、くねっていた枝を切り取られ、ぼーぜんと立っている。ふーちゃんは飛びつくようにして松の木に抱きついた。

「だめ、だめ。こわしちゃ、だめ！」

ふーちゃんは顔をゆがめて、涙をながしながら、音のない声でわめく。

すぐそばで、白いつなぎの作業員が三人、めぼしい木材などをえらんでは、そばに止めてあるトラックに放り投げていた。

「とうとうこの家ものうなるか……」

「昔の造りは、しぶといのう。三日仕事じゃ終わらんかったけん」

「なんか、こわすって、いやじゃのう。古うからここにあったのになあ」

「もう、今日はこのぐらいでしめいにしようで」

そう言い合いながら、そばで泣き続けているふーちゃんまで巻き込むほど大きなブルーシートを広げ、ショベルカーにかけた。それからかぶっていた手拭《てぬぐ》いで、ぱっぱと身体のほこりを払うと、トラックに乗りこみ、おもて通りの角をまがっていった。

私もおそるおそる瓦礫のなかに入っていく。

台所あたりで真っ黒にすすけた荒神様《あらがみ》が、白茶けた紙垂《しで》の切れ端をさげてころがっている。どんぶりや、お皿がわれて散らばっている。焦げ茶色の小さな陶器のきつねが足のところで二つに割れている。裂けたふすまも、細かい木組みの板戸も、たおれ、つみ重なって、不安定に揺れていた。破れた障子の紙が風にふかれてぴらぴらと動く。なにもかも黒く、すすけている。形をなしていた時は、人の気配がなくても、どこかに家としての息遣いが感じられたのに、無惨だ。

いつの年のだか、日めくりカレンダーが足元にころがり、そばに、この前見た、子どもの絵が板に張り付いたまま、落ちていた。私は思わず手にとって、あかるいほうにかざした。どのくらいたっているのか、輪郭がやっとわかるくらい汚れている。まわりから、つめでそっとこそげて、すこしずつはがしていく。めくると裏側は案外白く、そこにも子どもの手で、ぐるぐるとゆがんだ渦巻きが鉛筆で殴り書きされていた。そして、紙の隅っこに、文字らしき突っ張った線。

「どしたの？」

ふーちゃんが目をこすりながら近づいて、のぞく。

「あ、お丸もらってる。なに、この字？　読めない。『ナ、ニ』って……かいてあるのかなあ……」

私のあたまのなかでぴーんと鋭いおとが鳴り響いた。私にはそのちらばったような文字がよめた。

「イコ」

私の名前がかいてあった。

小さな私が描いたたどたどしい絵を、里の両親に送ったのは……そばでのぞいているこのふーちゃんだ。娘の描いた絵を自慢げに親に送った人がここにいる。このまえは「あんな下手な絵」なんて、言ってたのに……。

その人はこわれた家を見回し、ひくひくとしゃくりあげている。煤《すす》が混じった涙は、ほっぺたに黒い筋をつけて流れ落ちていた。

「なくなっちゃう。だいじなあたしのうちが……あたしが留守にしたからだわ」

ただでさえ青白く、透き通った身体が、今にも消えてしまうのではないかと思うほど、さびし気にふるえていた。

「これからどこに住んだらいいんだろう」

ぼーぜんとした目つきで、ふーちゃんはじっと斜めに傾いた壁を見ている。

住む？　そうか、住むのか……。

ホームレスという言葉を……ケイさんも言ってた。

肌になじんだ我が家はゆうれいにも必要なのだ。

それって……と私の心は騒ぎ始めた。彼女にとってだいじな家は、ここ、川上で、深川の家ではなかったってこと？　小さい私たちがいたところではなかったってこと？

何も知らない十二歳のハハオヤではけんかにもならない。

家族の行く末を案じて深川の家に留まっていたふーちゃんは父の再婚で、いたたまれなくなりそれにくわえて、一年後の空襲で家は焼かれ、残された家族はちりぢりになってしまった。ゆうれいのふーちゃんもそれに巻き込まれ、困った時は里にげこむお嫁さんのように、この家に戻ってきたのかもしれない。

まだ残っている壁にかくれるように、私とふーちゃんは座り込んだ。むこうの通りで蛍光灯がついたり、消えたりしてる。方々の家からテレビの音が重なってきこえてくる。すぐ近くなのに、遠いところに置き去りにされたような気持ちになった。

私は両手で、ふーちゃんを抱き寄せて言った。

「私の家にくる？　せまいけど、ふーちゃんなら、いっしょに住めるわ」

うつむいていたふーちゃんの顔がくっと上がった。

「えっ、そこ、東京でしょ？　浅草？　ほんと、いってもいいの！」

ふーちゃんはらんぼうになみだをぬぐう。口のはじっこがにっこりし始めているような気配。空気が変わった。おやおや、まただ！

「あたしね、東京にね。行きたくって、行きたくって。家出しようって、荷物までつくったのよ」

その口調はいばっている。

それはいつのことだったのだろう。

「でも、家出って、覚悟よ」

細い肩がつんととがる。

「すごいんだ」

私はちょっとあおってみた。

「勇ましいきもちだったわ。だから多分成功したと思うけど」

ふーちゃんは目を細めて、つぶやいた。でも終わりの方は自信がなさそう。

「いくつのとき？」

「十八かなあ……」

おやおや、時間が出たり入ったり。ま、ここは理屈をこねないで、私もこころの動きをゆうれいにして受け入れるとしよう。

「それで？」

「イコちゃんって、すぐそれで？　それで？　ってきくんだから」

ふーちゃんの目がとがる。わかんなくなるといつも不機嫌になる。これ以上はおぼえてないのだろう。

「うーん」

ふーちゃんののどのおくで音がした。

「家も死んじゃうんだね。死ぬってことは、だれにも思う通りにならないんだ。なくなるまでいっしょにいてあげたいって道夫さんもいってたね。あたしもこのまま半分の家残していけないわ」

このままでは私も行けない。だいじにだいじに抱えていた、あの写真の家だもの。

さーて、どうしたものだろう。私はゆっくりあたりを見回した。

「じゃ、今夜は、この前の『健康ランド』にでもとまろうか」

「いや、ここにずっといたい」

ふーちゃんはくびを振った。

でも生身の人間にはいろいろ問題が起こる。手洗いと風呂桶《ふろおけ》がかろうじて原形をとどめているのをたしかめると、私はうなずいた。

「そうね、そうしようね」

私はバイクをそばの空き地に止めて、寝袋を取り出した。今夜は風呂桶のなかで過ごすことにしよう。ふーちゃんはがれきの上に座り込んで、じっとしている。長い沈黙は苦手なのに、こわれた壁のかたまりを、透き通った手でなぜながら、さっきからずっとだまっている。しばらくしてやっとぽつりと口からこぼれた。

「なくなっちゃった。二階の窓からもう川がみられない」

間に分厚い土手の道があるのに、川の音がぐっと近くに聞こえてくる。月が見える。風が吹いてくだかれた壁の粉がまいあがる。でも風呂桶の中はハハオヤに抱えられてるように、すっぽりとしていた。なま暖かい。ふーちゃんはここで生まれたんだ。


次の朝早くやってきた三人の職人によって、家は更に細かくくだかれた。

そばで泣きじゃくるふーちゃんを抱えて、じっと監視するように見ている私に、職人が「おくさーん、ここの人？」と聞いた。あまりの暑さに上衣をはいで、白髪に、赤いTシャツ姿の私をあやしそうに見ている。

「ええ、そう。お別れにきたのよ」

私は答えた。

「わかれは、始まりって言うけんな。これから、これからじゃで」

気のきいた返事が返ってきた。

やがてトラックが二台やってきて、瓦礫《がれき》をすべてつみこむと、出て行った。ひとり残った人が、ショベルカーをうんうんと動かす。なにもなくなった土地は、みるみる平らになり、出来たてのような土のいろを見せ始めた。あの古い家をささえていた地面の名残は次第に消え、そして全くなくなった。

やがてむかえのトラックが来て、ショベルカーを積み込むと、今度はほんとうに誰もいなくなった。

「さ、行こうか。もういいわね」

私はふーちゃんに言った。

「うん」

ふーちゃんはこくりとうなずく。それから家がなくなった跡をもう一度見渡して
「すってんてんの　つんつるてん」とつぶやいて、首をすくめた。変わり身の早さに、毎度の事ながら、驚かされる。それにしてもこの口調に聞き覚えがある。父は子どもの気持ちを引き立てたいとき、こういう寄席《よせ》で聞くような言葉をよく使っていた。「やっこさんだよ〜」だの、「とってあいさついたしやしょう」だの、「べらんめえ！」だの……。

私とふーちゃんはバイクに乗る。エンジンを動かし、ハンドルをにぎった。

「さあ、出発よ。これでいいのね」

「もちろん、ろんろん。どきどききょろきょろ」

ふーちゃんはまたあの口調でおどけて、胸のあたりをおさえて見せた。

どきどき？　ゆうれいのどきどき？

ほんとうにあきらめのいい人だ。

「たのしみだな、とっても！　あたしの将来！」

追いかけるようにふーちゃんは弾んだ声で言う。

えっ、今、なんて言った？

確か、「あたしの将来」って……。

将来？　ゆうれいの将来？

私はハンドルを回そうとした手をとめ、振り向いて、バックシートに座ってるふーちゃんを見た。にこっと笑い返される。

十二歳の私のハハオヤは、どんな時でも前向き、あきらめを軽々飛び越える。

ゆうれいのふーちゃんに、とってもたのしい将来があって、七十四歳の私にはせいぜいこのラストラン？

まあ、いいや。とにかく楽しむことにいたしやしょう。短い私の将来を、この女の子と……。ゆうれいって、昔のことばかり憶《おぼ》えているのかと思ったら、ふーちゃんは昔のことはあまり憶えてなくて、これからのことばかり話したがる。

それにしても、胸に重くぶらさがっているといった、ふーちゃんの心残りはどうなっちゃったのだろう。聞いてみたかったけど、「もう、きえた」と、にっこりされるのがこわい。


東京を出てから、そろそろ三週間になる。もっと長い旅のつもりだったけど、帰り時かもしれない。十二歳の女の子のおみやげ付きだけど、旅は予期せぬ事が起きるから面白いというのは、かねてからの私の持論。それにしても、面白すぎたかも！　予期せぬことすぎたかも！


さて、長いライドになりそうだ。

走り始める。一応寄り道をせずにまっすぐ東京をめざすことにする。

このところ、ふーちゃんは、あまり他のゆうれいのことを言わなくなった。ケイさんや、道夫さんとは簡単に出会ったのに。

「このごろは他のゆうれいさんに会わなくなったわね」

私は聞いてみた。

「会ってるよ。でもみんな、よこむいたり、うしろむいたり、よそよそしいのよ。もしかしたらあたしはあの人達には見えない人になってしまったのかもしれない」

ふーちゃんはちょっと考えて、肩をすくめた。大変なことを随分、簡単に言ってくれるじゃないの。

「わけがわからないけど、あたしのせいじゃないもんね」

あのボールを持っていた少女に出会ったときは、ふーちゃんと私の立場が逆になった。また今もそうなりかかっているのだろうか。

でも、ふーちゃんがよく言うように、見えるか、見えないかは、その人が決めることと、まあ、深く考えないで、走ろう。

私は、オオタくんのハンドルを握り続ける。このオオタくんだって、おどろきながら走っているのにちがいない。

海岸の強い日差しをさけて、山側の道を走ることにする。木の影がくっきりと濃い。まぶしい目をしっかりあけて、狭い道を用心して進む。

「あっ」

突然ふーちゃんがちいさく叫んだ。

「イコちゃん、あの人……見える?」

「ど、どこ?」

「あのバス停のとこにたっている人。若い女の人」

私はスピードをゆるめた。

「ほら、真っ赤なリンゴを持っている」

はるかむこうにバス停が見えてきた。今でも使われているのかどうか、文字もはげて、やせたかかしのように斜めに立っていた。

「見えない? 真っ赤なリンゴ持ってる人」

私は目をこらす。するとにじむように女の人の姿が浮かんできた。ふーちゃんの言うとおり赤いリンゴをにぎりしめて、首をのばし、坂のむこうをしきりに見ている。だれかを待っているのだろうか。ずいぶんと遠いところなのにリンゴはまるで宝石のように赤く光って見える。それにしても、リンゴって、この季節にこんなに赤くなるものだろうか。

バスの音が聞こえてきた。ごとごとごとと引きずっているような音だ。私はバイクを道のはじに寄せて止めた。

見ると、子どもの歌にあるような「田舎のバス!」が後ろにきな粉のような土煙を上げて、あえぎながらバス停の前に止まった。かけよるリンゴの人。ドアがあいて、小さな女の子が飛び出してきて、リンゴをうけとると、またバスに飛び乗った。バスはなにごとも起きなかったように、走り始め、私とふーちゃんのまえをとおりすぎ、ゆっくりと坂のしたに消えていった。

女の人は二三歩追いかけて、でもまたすぐ後ろを向いて、バス停に戻った。みると、また手にリンゴを持っている。さっき女の子に手渡したはずなのに、そっくり同じ真っ赤なリンゴがその手に握られていた。

「あの人！」

ふーちゃんが言った。私にもわかった。ふーちゃん同様見えない人なのだ。

私はバイクに乗り、ゆっくりと走り、バス停で止まった。

「こんにちは」

ふーちゃんが言った。つられて私も笑いを浮かべ、頭をかしげる。むこうもなごやかに首をかしげた。

「そのリンゴ、おいしそうね？」

ふーちゃんが言った。

「もちろん栄養満点よ」

女の人はちょっと顔をひきしめていった。

「これ、かならずのリンゴなんです。あの子、ごらんになりました？　元気だったでしょ。どういう事情かすごくやせて弱い子だったので、リンゴを食べれば元気になるわ、毎日かならず一個ね。おばさんがリンゴ園から持ってきてあげるって、大きくなるまで、丈夫になるまでねって約束したんです。約束は続いています。あの子もそのつもり、わたしもそのつもり」

若い女の人はまた優しい顔になってほほえんだ。

「あなたのお子さんですか？」

私は聞いた。

「いいえ、たまたま会った子なんです。でも、約束したから、毎日。学校に行くとき、必ず一つねって。なにがあっても続いています。わたしの生き甲斐《がい》です」

「生き甲斐？」

ふーちゃんがおどろいて聞き返した。

「ええ、どんな身分になっても、生き甲斐がないとね」

私はうなった。リンゴの香りがただよってくる。

リンゴ一個の約束。

「リンゴって、まんまるで、嘘がない形してて、だいじなことがぱんぱんにつまってる、それがすてきでしょ」

私は大きくうなずいた。

「かならずのリンゴ」とそっとつぶやいてみる。声にするとますますいい言葉だ。そばで口をぱくんとあけて、ふーちゃんがめずらしくだまって、じっと女の人を見つめている。

若くしてこの人は死んだのだ。それをひどい運命だとも言わずに、安らかな顔をして、この坂道で、あの子を多分毎日、ただただ待っている。

「じゃ、お元気で」

私は、へんな挨拶《あいさつ》だと思いつつ言った。そうよ、ゆうれいが、お元気でいてくれれば、こっちの人もお元気でいられる。

私たちは走り出した。女の人がだんだん遠くなっていく。

「あの人おかあさんじゃないのにおかあさんの気持ちなのね」ふーちゃんは何度も振り返って言った。

「うん」私はうなずいた。毎日私もふーちゃんに元気にしてもらってる。今までだってそんなに弱虫じゃなかったけど、それは自分ひとり力を入れて歩こう歩こうとしていた元気だったと思う。

さっきからふーちゃんが黙っている。不気味なほどだ。

しばらくして、ぽつりといった。

「あたしは、忘れてる。絶対忘れてはいけないことなのに……。やだなあ、わすれんぼうのゆうれいなんて」

「でもさ、忘れものって、思ってもみないとこからでてくることあるでしょ。ゆうれいみたいにさ」

私は首をすくめて、笑ってみせた。

その日は朝から絶好調。

昨日は美しいお城のある町のプチホテルに泊まって、そこそこのフランス料理と好みのトロピカルジュースで、久しぶりに都会を感じ、満足した。空気もからりとして、頭の中の湿度もとんで、視界も広い。カーブの多い、ゆるい上り坂も私好みだ。空はすっきりと空色、みどりは鮮やか、ま、平凡と言ってもいい、絵はがきのような風景が続いていた。左側遠くにはそいだような崖《がけ》が続き、そのはてに細い水の流れが、道にそって蛇行している。

上り坂は山に続くようで、次第に急になり、カーブが細かくなってきた。それに合わせておしりをすいすいっと左右に移動する。これははるか若き日の得意ポーズだったなと、笑いたくなる。これならまだ当分は生きていられそう。ふーちゃんの将来やらを見ることが出来るかもしれない。

後ろのお方もご機嫌のようで、口笛なんか吹いている。ゆうれいが口笛、これはそうとうこわいけど、かわいた風に乗って、瞬く間に耳もとから離れていく。

「ふーちゃん、ご感想は？」

「充実」

ぽきりと声が飛んできた。結構なことだ。なにもかもほんとうに充実。

はるか後ろの方から背中をノックするようにバイクの音がする。私たち同様に快適なライドを楽しんでいるのだろう。さっきからずっと聞こえている。振りむいてもカーブに隠れてよく見えない。

「イコちゃん、ちょっとゆっくりして、うしろ、どんな人か見てみようよ」

ふーちゃんが言った。

せばまるでなし、空けるでなし、絶妙な間隔を保ってついてくるライダーが私も気になっていた。すこし速度を落としてみる。やがて後ろのバイクは素知らぬ顔して追い抜いていった。ヘルメットの中の顔はまだ少年で、ちらりともこっちを見ようとしない。そのわざとらしさに思わずくすりとする。

「ふふふ、無視されたね、イコちゃん」

ふーちゃんが生意気な口調で私を煽《あお》ってくる。それをきいて私はぐんとスピードを上げる。あいだがせまって、少年の後ろ姿が見えてきた。こっちがわざとおそくしたくせに、いい年をしておいこされると、闘志がわく。まけてないよとばかり、ハンドルを更にぐいと手前に回す。いちだんと音高く、オオタくんがつきすすむ。そのとたん、ずずずずー、バイクはじゃりに足をとられ斜めになって、右側の路肩につっこんでいった。

「ぎゃー」

私にしか聞こえないふーちゃんの声がひびきわたる。

「イコちゃん、大丈夫？」

「だめ、死んでる」

私はたおれたバイクのしたから、あえぎながら言うと、それでもかろうじて足を抜き、はい出した。オオタくんの後ろのタイヤがくるくると回り続けている。乗せてる人がゆうれいで、ほんとうに良かった。もう死んでるのだから。二度はないだろう。

私は足をきくきくと動かしてみた。おそるおそる四股《しこ》も踏んでみた。なんて丈夫なばあさんだ。どこも怪我はないらしい。ただ右の手袋の先がすれて破れ、手に硬く固まって、伸びない。一本一本はがすように伸ばして、ゆっくり動かすと、これもなんとか元に戻った。

やれやれとバイクに近づいて、エンジンを切る。まわりにミラーの破片がちらばっている。

私がたしかめるように体を動かすのを見ながら、ふーちゃんは「ゆうれいにならなくってよかったね」と、それは真剣な顔をして言った。

上のほうからバイクの音がしてきた。さっきの少年が近づいて、くるっと車体を回して、止まった。

「音がしなくなったから、どうしたのかと思って……。大丈夫ですか？」とヘルメットの中の私をのぞき込んだ。

ひゅっと小さく息をのむ。このおてんばライドの主を直《じか》に見てびっくりしてる。でもすばやく驚きを隠して、笑いかけた。

「運転、すごくうまいですねえ！」

ほ、これはいい性格しているじゃないの。

少年はたおれたバイクを軽々とおこしながら、感に堪えないというように首を振った。

「すごいかっこいいすね。きまってますね！　ぼくも好きだから、人の乗り方は割と注意して見てるんだけど、バランスのとりかた絶妙ですね！」

ライド仲間に言うような、自然な言い方だった。

「そうでしょ、あたしたち、うつくしいでしょ」

ふーちゃんが口を挟む。肩をちぢめて、からだをくるっと回した。スカートが広がる。もちろん彼には聞こえても、見えてもいない、は、ず、だ。

「カーブのときのブレーキのかけ方なんて、すごいタイミングで。見とれちゃって、ずっと後をつけてたんです。うつくしいんだよな！　ぼく、ちょっと口惜《くや》しかったりして」

「うれしいおせじだこと。まあ、年季だけはたっぷり入ってるかな」

私はぶんぶんに得意だったけど、ここは先輩ぶって抑えた言い方にした。

「そうよね、バイク、大好きだものね、あたしたち」

またしてもふーちゃんの声。強引に割り込んでくる。仲間に入りたいのだ。

「えーと、ぼく、沢野幸樹《さわのこうき》っていいます。沢に野、コウキは幸にじゅってよむ樹です。おばさん、これからどうなさいます？　ぼく、お手伝いしますけど」

「おばさんじゃないよ、イコちゃん。あたしはふーちゃん」

ふーちゃんがまた口を出す。

「私はね、イコっていうのよ。山野イコ」

私はふーちゃんの言葉に重ねて言った。

「イコ？」

「そう、イコ、だけでいいわ。みんなはイコさんて呼んでくれる」

「へー、みじかくって、かっこいいすね！　ぼくもそうお呼びしてもいいですか？」

おや、丁寧語に変わった。

「あたしは、ふーちゃん、ふーちゃんていうのよ」

またわめいてる。

「私は、スピードが出れば三輪車だっていいわけでね。メカの方はからっきしだめなのよ。ブレーキまがっちゃったみたい。どうしよう」

「ぼくはまあその方は大丈夫です。それじゃ、まず見てみましょう」

幸樹くんは路肩に置いた、バイクに目を移し、そばに寄って、たたいたり、押したりしている。

「まずブレーキレバー、これはちょっとまずいなあ。ミラーも折れてるから、これも換えなきゃな。あとはだいたい大丈夫だと思うけど……」

そうひとりでつぶやくと、あらためて、私を見た。

「これうごかすの無理だから、ぼく、ひとっぱしりいって、スタンドの人呼んできますよ。あっ、ケイタイで呼びましょうか。それとも、ぼくのバイクに乗って、先に行って、むこうで休んでいますか？」

ああ、やっかいなことになった。七十四歳のライダーが事故を起こしたんだから、直ったからといって、世間の人がこのまますんなり旅をつづけさせてくれるとは思えない。

「乗せてってもらおうよ。三人で乗るんでしょ」

ふーちゃんが言う。

それにそばにいるこのうるさい人のことも問題だ。見えない人だからといって、油断は出来ない。なにしろ無邪気この上ないゆうれいなのだから、夢中になって、つい姿を現したりしちゃいそう。それに私がまた消えちゃうってことだってあるかもしれない。こういう非常事態にはなにが起きるか解らない。

私は一瞬のうちにこれだけのことを考えると、無知な老女を気取って、ゆっくりと言った。

「ねえ、ごらんの通り、私、年寄りでしょ。だから、修理の人にこのまま走りつづけるのは止めなさいって言われるかもしれない。もしかしたら警察に通報されちゃうかもしれない。免許はちゃんともってるから、悪いことしてるわけじゃないけど。でも、みなさん、ご親切でね、年寄りのことは心配してくれるのよね。それ、とっても困るのよ。これは、私の最後のライドのつもりなの。こんなはんぱな事故でギブアップするなんて、口惜しい。思いっきり走って、ライダー人生をおしまいにしたいと思ってたのに」

「へー、格好いい！　おばさん、あ、イコさん。最後だなんてまだまだ大丈夫ですよ。とっても運転、上手だもん。だれにも文句なんて言わせませんよ。心配ないすよ」

「でもねえ、幸樹くんみたいに、ものごとをちゃんと見る人ばかりじゃないから。でも年寄りも、ありがたいことに年寄りはいたわりましょう、これ一点張りだからねえ。あ、いろいろ〜、人生〜いろいろ〜」

私は思わず演歌の一節を歌ってしまった。浮かれてる。

だって、少年の目が美しすぎる！　久しぶりに私の心はうきうきしてる！　事故のまっ只中《ただなか》だというのに。

「その気持ち、わかります。ぼくも走りたいんですよ。なにしろそれだけなんです。走って、走って、気持ち的に、ぼくの道を創りたいんです」

「ぼくの道？　いいわねえ。ぼくの道……か。……詩のことばみたい。それで幸樹くん、ずっと走ってるの？」

「ええ、行き先も決めないで。自由に」

幸樹くんは、自由にって言ったとき、ちょっと照れて肩をすくめた。

「今時の若者でしょ？」

「私も今時の年寄りでしょ？」

私は幸樹くんと顔を見合わせて、二人同時にふき出した。

「ねえ、ねえ、あたしもおなじ、今時のゆうれいでしょ、ねえ」

ふーちゃんの声が横から割り込んでくる。仲間はずれは許されない。

「そう、そうよ」

私は思わずふーちゃんのほうに体をむけて答えた。

「みんなそうよね、いっしょよね」

言ったとたん、はっとした。幸樹くんの顔を見て、くくくっとわらって、「ひとりごと、私のくせ」とごまかした。

「じゃ、こうしましょうか？　まだ日も高いし、どこかに座ってやすんでいてください。ぼく、ブレーキレバーと、ミラーを買ってきますから。応急手当てしましょう。工具はぼく、バイクに積んであるし、いつも自分で直してるから、まかせてください」

「いいの？」

私は遠慮なくここは厚意に甘えることにした。

「じゃ」

幸樹くんは自分のバイクにまたがり、エンジンキーを回すと、たちまちきもちよい音が立ち上がる。

「あ、あ、お金、もっていってちょうだい」

私は財布から、三万円ほど引き抜くと、手渡した。

「あとでもよかったのに」

幸樹くんはそう言いつつ、走り出した。

「良かったね、イコちゃん。ゆっくり待とう」

ふーちゃんは幸樹くんの消えた方をじっと見てる。それから両手を握って、頭の上にのびのびとあげると、路肩に腰を下ろした。私も隣に座る。いったいここはどこなのだろう。谷のむこうに山がうねうねと続いて、果てしがない。その更にむこうはうっすらとけぶって、消えている。

「見えないけど……あっちだ、きっと」

ふーちゃんは目を細めて、じーっと見ている。

「あっちって……あっちねえ」

私も首をのばして、遠くを見た。静かだ。静かなのに、にぎやかさをかくしてる。

「ちゃんと目をみて、話してもらいたいな」

ふーちゃんがぼそりと言った。「ちゃんといるんだから」

「え、だれに？」

「もちろん、あの人」

「幸樹くんに？」

「うん」

細いうなじがこくんと揺れる。

私はだまって、更に遠くに目をむけた。

そうならいいのに……、そうならいいのに……。

こんなにかわいい女の子なんだもの、私だって幸樹くんにふーちゃんをちゃんと見てもらいたい。

どのくらい時間がたっただろう。遠くからエンジンのおとが近づいてきた。ゆるやかにくねっている、むこうの道をバイクが走ってくる。それが消えて、また道が曲がって、また姿をあらわすと、私は手をふって合図した。

幸樹くんのバイクがずずっとおとをさせて、止まった。

「すいません」

私は立ち上がった。

幸樹くんがぼーぜんと私を見ている。

「やっぱり、イコさんだ。となりに赤い洋服の女の子が座ってるの見えたから、場所間違えたかと思っちゃった。逆光のせいかなあ」

幸樹くんは首をかしげ、それでも目の中の像をたしかめるように、眉《まゆ》をひそめた。

やっぱり!!　私はどきりとした。

幸樹くんのふしぎそうな表情は、それでもいっときで消え、いそいそと買ってきた部品をとりだし修理に取りかかった。足と手を効率よく使って、取り付けのボルトをきゅうきゅっとしめる。ミラーもとりかえる。手際がいい。

「上手!」

思わず感嘆の声をあげると、「ぼく、改造やってたから」と幸樹くんは言った。

「なに、その改造って」

「バイクを改造するんです。小さいのにでかいエンジンつけたり、音を大きくしたり、ハンドルを高くしたり。ぼく、人と同じじゃやだって、つっぱってたから。本当にめちゃくちゃな走りをしてたんです。でも、それじゃ競走、競走でね、だんだんと面白くなくなっちゃった。速いより、あちこちよろよろするのもいいなって思うようになって、今回はそれ的ライドなんです。気の向くままに、横道に入ったり、休んだり」

幸樹くんははにかんで、笑った。

「それで?」

「いらいらしない走りなんて、いやだし、つまらないって思ったけど。ところが、短気なぼくにもできたんですよ。それが思いもよらず、楽しくって」

「それでどこまで行くの?」

「金、つづくだけ。バイトして貯めた金。なくなったら、学校にもどって、それから勉強する」

「なにを？」

「わからない。やってみないと見つからないたちだから。ぼくって現在進行形なんです」

ほー、このことば、バイクで走るのに似ている。なにごとも現在進行形。出会って、すぎさる。また新しいのが近づいてくる。私は過去からふーちゃんを連れ出して、現在を進行している。

そしてゆうれいの世界とこっちの世界も、これまたいっしょに進行形。

「気持ち合うかも……」

ふーちゃんの声がした。


「心配だからちゃんとプロに見てもらった方がいい」と町に入ると幸樹くんは確かめにバイクをスタンドまで持っていってくれた。

しきりに遠慮する幸樹くんを、私は食事に誘った。

「スタンドのひとに頼んだら、やっかいなことになってたかもしれないし、お金もかかったと思うの。だから遠慮しないで」

「じゃ、ハンバーグ、ご馳走《ちそう》してください」

私たちはいっしょに走って、道沿いのファミレスに入った。

「お腹いっぱい食べてよ」

フォーク一つを器用に使って、すぱっすぱっと気持ちよく食べる幸樹くんに言った。

「いいですか？　じゃ、おかわり」

幸樹くんは肩をすくめて、くすっと笑った。

「もうじき日も暮れるから今夜はこの近くに泊まりましょうよ。これもお礼にさせてください」

そばでふーちゃんが「うん、うん、そうして、そうして」としきりにうなずいている。

「嬉《うれ》しいけど、それは結構です。ぼく、ひとりでどこかをさがします」

この子、決まってる。

「どうして？　どうして？　泊まれば、いいじゃない」

ふーちゃんがだだっ子みたいにゆうれいの体をゆすってる。うすくすけた手を出して、遠慮もなく幸樹くんの腕を引っ張ろうとしている。

「で、どっちにいくつもり？」

「この前の道を、北へ、しばらくはまっすぐ、適当に。そっちのほうに、きれいな沼があるらしいから」

「あ、そう。若いっていいね。自由で」

「そう言われてもなあ……イコさんだって相当自由じゃないですか」

幸樹くんはくすっと笑った。

「私は、東。お江戸に帰るつもりなの。もう、そろそろおしまい、明日《あした》からラストランのラストの走り。ふふふ」

そういうことで、私たちは走り去る幸樹くんに手を振ってわかれた。

道から少し入ったところのペンションに泊まって、夜が明けた。ベッドから抜け出して、私はまわりを見回した。どこか変！

ふーちゃんがいない！

私は風呂場《ふろば》、トイレ、押し入れの戸をばたばたあけて探した。でも、いない！

あわてて、宿の人に聞こうと、部屋を出て、はたと気が付いた。初めからいない人がいなくなったというわけで……。

でもなんとか探さなくては……。

急いで荷物を作り出した私に、「コーヒーが入りましたよ」と宿の人が言った。落ち着け、落ち着け。

ゆうれいは自分で長距離移動は出来ないはずだ。あの子のことだ、近くをふらふら歩いてるに違いない。すぐ帰ってくるだろう。

私は、食堂で、まずコーヒーを飲むことにした。窓から、外を見る。芝生の庭に、ブランコが置かれ、端にぐるりっとひまわりが、みんなこっちをむいて並んでいた。そのむこうの家の間から、昨日幸樹くんと別れた、道が見える。自動車が隙間を横切っていく。

わかった。私は立ち上がった。これはふらふら歩きではない。

「この前の道を、しばらく北へ」

幸樹くんはこう言った。

ふーちゃんはその北へむかって行ったにちがいない。

私も急いで北を目指そう。

宿の人との別れの挨拶《あいさつ》もそこそこに走り出した。きょろきょろあたりを見まわしながら、走っていると、そばを車が追い越していく。

「あっ、ヒッチハイク！」

私はとっさに叫んでいた。ふーちゃんは見えないのをいいことに、北へむかう車にとりついて、移動したに違いない。まったくもう、年代物のゆうれいのくせに、思いつくことは今の悪ガキみたい。

私は速度をあげた。うなりをあげて、前の車をつぎつぎ追い越していく。目は油断なくふーちゃんを探しながら。しばらくは小さな町並みが続き、山、畑、また町、そしてまばらな農家。あっという間に通りすぎる。幸樹くんだってどこかで夜を過ごしたはずだ。そんなに遠くに行っているはずがない。ふーちゃんだって、まさか真夜中に抜け出るようなことはしないだろうから、夜明けを待って出発したと思える。私はいっきに走りぬけながら、ふと二人より先を走ってしまったのではないかと思った。思いきって引き返すことにした。ブレーキをきしませてUターンして、戻り始める。とある村はずれのコンビニのまえで止まる。建物の陰にオオタくんを止め、寄りかかって、走り抜けていく車を眺める。実際どうしていいか、考えあぐねていた。このままふーちゃんをほっておくわけにはいかない。それはどうしても出来ない。でもゆうれいの行方を人に聞くわけにもいかない。時間をおけばおくほど、ふーちゃんとの距離は遠のいていくだろう。お互いに連絡できる手段は何もないのだ。

「そっちのほうに、きれいな沼があるらしい……」

幸樹くんは言っていた。でも「そっち」ってどっちなのよ。「あるらしい……」って、ほんとうにあるの？　「北へ」とも言っていた。でも、北と言っても……まっすぐの北？　東むきの北？　西むきの北？

でも、ふーちゃんと私には強いつながりがあるはず、このままはなれっぱなしなんてことになるわけない。絶対に……と思いたい。本人もそれはわかっているだろう。それにしても一言もなく、なんの印も残さず、だまって消えるなんて、あまりにもおばかさんだ。それにあまりにも私を無視している。世間知らずはしょうがないにしても、自分の身分をなんと考えているのだろう。でもふーちゃんは思いこみのはげしい、ただの十二歳の女の子なのだ。だとしたらどんな行動をとるだろう。お目当てはおそらく幸樹くんだ。これは当たりだと思う。ちょっと年上の格好いいお兄さん。それも頼りがいのあるお兄さんなのだ。ふーちゃんのような女の子が憧《あこが》れてしまうのは当然だ。追いかけたくなる気持ちもわかる。私だって、いい子だなあと、年甲斐《としがい》もなくときめいて、出来ればいっしょに旅をしたら、さぞかし楽しいだろうなんて思ってしまったのだから。もしふーちゃんが見つかったら、お江戸に帰るのは後まわしにして、いっしょに幸樹くんを追いかけてもいい。ちょっとしんみりとした気持ちになってくる。十二歳のめちゃくちゃな気持ちが切ない。

と、反対車線から、バイクが入ってきた。ドライバーの後ろから薄く透けた赤い布がひらひらしてるのが見える。あっ、ふーちゃんだ。身体が反射的に前に傾く。ふーちゃんは口を一文字に結んで真剣な顔をしながら、バイクからふんわりと降りると、きょろきょろとまわりを見回し始めた。困って、途方にくれている様子はみじんも感じられない。それどころか、ゆうれいのくせに、思い詰めた様子に力がみなぎっている。ふん、さんざん心配させて、おもしろくないではないの。私は、さっきまでの気持ちはどこへやら、なにさっていう気持ちになってきた。いじわるしてもう少しこのまま見てやろう。私はコンビニの壁に身体を半分かくして、様子をうかがう。ちょうどその時一台のバイクがずるずると動きだした。ふーちゃんの身体がぽんとはずんで、あっという間に、うしろに飛び乗る。運転しているのは、せなかの大きい中年の男の人だった。当然ふーちゃんに気づくこともなく走りだし、加速した。

ヒッチハイク、お見事だ。

前へ、前へと走るふーちゃんの必死な気持ちが何とも可愛い。追いかけて声を掛けるのは簡単だけど、これから起きるかもしれないふーちゃん主演のドラマを見てみたくなった。後をつけることにしよう。私は荷物から双眼鏡を出して、ポケットに入れると、ヘルメットの前をふかくおろして、バイクに乗りこんだ。前方はるかに、ふーちゃんの赤い服が丸い点のように見える。その距離を保ちつつ後を追った。

しばらくすると、距離が縮まったわけでもないのに、バイクにしがみついてる赤い点の輪郭が少しずつはっきりしてきた。ヘルメットのなかで目をなんどもしばたいて、見つめ直しても、ふーちゃんからゆうれいの透け感がなくなって、運転手にしがみついてる女の子の姿に変わっている。おかっぱの髪もはっきりとゆれて見える。と、ふーちゃんの左手がすいっとのびて、なんどもぐいぐいと左をさしている。どうやら左へ曲がって欲しいと言っているらしい。

おじさんは驚いて振り向き、バイクが揺れ、急停車した。私もあわてて止まる。おじさんの大きな体が激しく動いているところを見ると、そうとう驚いているらしい。ふーちゃんが手をあげて、左の方を指さした。ヘルメットがふーちゃんの顔に近づき、「だめだ!」と言うように左右に大きく動くと、いきなりふーちゃんの両腕をつまむように持ち上げ、バイクから降ろした。ふーちゃんがぺこぺこ頭を下げている。「つれてって」と頼んでいるのだろう。男の人は、「だめだ!」と更に大きな身振りをして、さっとバイクにまたがると、走っていった。ぼーぜんと立って、それを見ている
ふーちゃんの姿はもうゆうれいではなかった。

私もバイクを止め、フェイスカバーを半分あげて、あらためて見なおした。落ち着

こうと、深呼吸をする。私にしか見えないはずのふーちゃんがだれにも見える女の子になっている。あのマリつきのときの現象がまた起きたのだ。私は……あわててバイクのミラーに自分の顔を映してみる。今度はこっちもちゃんといた。

いっときの動揺がおさまると、これはこれでいいじゃないか……と思えてきた。なにはともあれ彼女は私の目のとどくところにいるのだ。

帽子をかぶった女の人が犬を連れて、歩いてくる。ふーちゃんは、はずむようにちかづいて、なにやら声を掛けている。すると、その人は、あのむこうよとでも言うように、陽のあたっている、山の先を指さした。

「このちかくにあるという沼はどっちでしょうか？」

そう聞いたにちがいない。丁寧に言おうと、緊張してる声が聞こえるようだ。ふーちゃんはふかくお辞儀をすると、歩き出し、あたりを見回しながら、ゆっくりと、またすける人に戻っていった。えーなんだ、これは……。こうしてヒッチハイクを続けるつもりなのだ。顔に似合わずなんとちゃっかり！

私はバイクにまたがった。ゆっくりゆっくり後をつけて走る。

そのあと、ふーちゃんは、トラック、自転車、バイクなどに乗せてもらって、山を越えていった。時たま、よさそうな乗りものが見つからないと、下駄《げた》の足でのろのろと歩いたりしている。でもその姿はゆだんなくあたりを見回し、次の乗りものを探していた。こんなやり方で幸樹くんが見つかると思っているのだろうか。幸樹くんはちがう道を行ったかもしれないのに、でもそんなにうろうろと迷ってる様子も見えない。その姿は妙に確信ありげなのだ。

山を二つ無事越え、しばらく下ったところの、道の端にバイクだけがぽつんと止まっていた。遠目にもそれが幸樹くんのものだとわかった。ふーちゃんは乗っていたトラックの荷台からあわてて飛び降りて、近づくと、はずみをつけ、ぴょんとバイクの座席にまたがった。

私も急ブレーキをかけて、止まり、双眼鏡を出し、木立の隙間から様子を見ることにする。

座ってるふーちゃんの姿は（この椅子の、ここはあたしの場所よ）っていう大きな態度が見え見えで、しっかり存在を主張している。ぶらんぶらんと足をふって、下駄が脱げそうなのに、脱げない。

道路わきの一段さがった木立の中から、草をわけて、ケイタイを耳に当て、なにやら話しながら、幸樹くんが姿を現した。ふーちゃんの身体がぴくっとふるえる。よろこぶと思いきや、遠慮がちに身体をちぢめて、どうやら上目遣いに幸樹くんを見ている様子。

「じゃ、その時」という声が急に大きく聞こえて、幸樹くんはケイタイを胸のポケットにするりといれ、ハンドルにぶらさげていたヘルメットをかぶると、バイクにまたがり、発進。とたんにふーちゃんはその腰に手をまわし、しがみついた。頭を幸樹くんの背中にぺたんとよせて、遠目にもすっかり甘ったれている。

あれまあ、なんと露骨。

ところで、見えるか、見えないかはその人が決めること。はじめからふーちゃんが口にしていたこの言葉はほんとうに大丈夫なのだろうか。でもこのところふーちゃんはよくその境を気合いでふっとばす。今も走る彼女のうすべったい背中からその気配ががんがんに伝わってくる。もしそんなことにでもなったら、多分、じゃない絶対、大騒ぎになる。想像しただけで、私はもう目も心もつぶりたくなった。

遠くの山に、一段と光をました陽が沈もうとしていた。あの向こうは多分日本海だ。幸樹くんのバイクはその夕日にむかって走っていく。ときどきおいこしていく、トラックや乗用車にかくれながら、私は用心深くあとをつけた。

すでに暗くなった山を越えると、一気に海が広がった。夕日の名残を受けて砂浜が明るい。幸樹くんは道を横切って、バイクを止めると、走って入っていき、少したかくなった砂のうえに座り込む。膝《ひざ》を抱いて、じっと海を見つめてる。そばにはもちろんふーちゃんの姿。よりかかってしっかり腕をからませて、同じように海を見ている。ちいさな風がふいてきて、二人のそばの砂がすーっと動く。ふーちゃんはそっと幸樹くんを見上げた。

(ね、ね)とでも言うように首をかしげ、うれしそうにわらってる。ゆうれいなのに体全体がこんなに輝くとは……せつないぐらいに可憐《かれん》な十二歳だ。

ありがたいことに幸樹くんにはふーちゃんは見えてないようだ。背中をぴんと立てて、身じろぎもせず、沖合をながめている。

そして、私ときたら、こんな美しい風景の中で、砂の小山に身を伏せ、今にもふーちゃんが姿をあらわし、彼にしがみつくのではないかと、ひやひや、ドキドキしているのだ。でもふーちゃんの後ろ姿はあくまでもしおらしく、いつもの主張の強い、なにごとにも口をはさまないではいられないふーちゃんとは違っていた。

(こりゃ、ほんものだわ)と私はつぶやいた。

やがて幸樹くんは立ち上がった。おおきく手をひろげて、のびをすると、バイクから荷物を取り、すぐ前の民宿に体を向けた。ふーちゃんがおいかけて、彼の手にじぶんの手を重ね、ぎゅっと握る。そのまま二人は宿に入っていった。

ふーとも、ぐーともしれない音が私ののどもとでなってる。

今夜、いっしょに泊まるつもり？　そんなことといいの？　未成年だよ！

こっち側の見える世界では一応そうなっているけど、そもそも見えない世界の人相手では、なにも起こるわけがない……と思っても、心中、ばくばくと複雑。見たくないけど、見ないではいられない。

美しい浜辺のおかげか、道沿いに民宿が三軒並んでいた。私も今夜はここに泊まることにしよう。私は一軒おいた宿に入り、明日《あした》の朝、彼らの出発を見逃さないように、道沿いの部屋を頼んだ。


はっとして目を覚ます。ガラス越しに外を見ると、もうとっくに夜は明けて、なんと幸樹くんがバイクに荷物を積んでいるではないか。しかもすでにシートにはふーちゃんが神妙な顔して座っている。私はあわてて、着替え、宿の払いをすまして、もうすでに姿の見えない二人を追いかけた。

遠く、遠くに背中をまるめた虫のように、彼らが走ってる。私はちょうどやってきた大きなトラックの陰に隠れて、いっきに近づいてみる。そういっきに。

ふーちゃんは昨日と変わらず、腕を幸樹くんの腰に回し、これ以上ないっていうぐらいくっついている。便利だなあ、ゆうれいって！

やがて道は海沿いを離れて、また山道に入っていった。くねくね道が続く。たぶんこれはいっぽん道、昨日からの疲れもあって私は速度を落とし、あいだをぐーっと空けることにした。

松の林が続いている。その根元で、ちいさなオレンジ色の百合《ゆり》がゆれ、道ばたではのび切った夏の草がバイクの風にあおられて、のけぞる。このラストランを始めてから、三週間が過ぎようとしていた。ふと誰もいない門前仲町の家を思った。

急にまわりが騒がしくなった。顔を上げると、朝はすっきりと晴れていた空はどんよりして、風も出てきたようだ。松の枝が音を立てて揺れている。変わり始めた空気に、せかされるように速度をあげる。

空気は薄い灰色に変わっていた。雨が降り出した。冷たい。次第に雨脚が強くなる。前が見えない。雨宿りの場所もない。こうなったら、お手上げだ。まわりは背の高い松ばかり。その上で風がうなりをあげている。寒い。ぬれた革のスーツが縮んで体を締め付ける。私はバイクを路肩に止めて、カッパをだして、かぶった。ぐしょぐしょになっている手袋をはずして、その手を少しは温かい頬にあてる。

まったく、もう！

思わず大きな声が出る。ふーちゃんにも自分にも文句が言いたくなる。でもこのままではぬれるばかりだ、どこかに緊急避難しなければ、この寒さでは体が動かなくなってしまいそう。ふーちゃんたちはどこに行ったか、見えない。

バイクにまたがり、のろのろと走り出す。なんとか雨をしのげるところを探さなければ、でもふかい松林が続くばかり。ふーちゃんを追いかけているうちに、自分がどっちを向いているのかもわからなくなっていた。

「迷ったら、元に戻る」これは私生活でも無謀なことをしばしばやらかす、私が頼りにしている言葉だ。戻ればふーちゃんにも探す手がかりになるかもしれない。もしその気があったらだけど。私はUターンして、戻り始めた。

避けようもなく、雨はまともにぶつかってくる。

と、なにかが目に入った。急ブレーキをかけて、目をこらすと、松の幹に小さな木ぎれが打ち付けられていた。そこに「コーヒー」の四文字。ぬれて泣いてるように墨がにじんでいる。まだこの文字はいきているのだろうか。「コーヒー」はこの先にあるのだろうか。

松の幹と幹のあいだに道らしいものが見える。びっしりと生えてる膝《ひざ》ほどの高さの草が雨にうたれて、倒れたり、揺れたりしている。草のうえをすべりすべりして、入っていくと、ぐるりっと背の高い松の木にかこまれた、黒く光る沼が姿を現した。その縁に、小さな小屋があり、桟橋にはボートが二艘《そう》つながれていた。どこもかしこも雨のなか、まわり全部がけぶっている。沼の表面には灰色の小波《さざなみ》がせわしなく動いている。小屋はごくごく簡単な造りの山小屋風で、柱に「コーヒー」「らーめん」と書かれた旗がくくりつけられて、風にふかれてうるさいほどの音を立てていた。草ぼうぼうの駐車場には二台小さな車が止まり、それに挟まれて、幸樹くんのバイクもあった。なかでお茶でも飲んでいるのだろう。ほっとして体から力が抜ける。

幸樹くんがめざしていた、これが「沼」なのだろう。

私はバイクを止めると、カッパを脱ぎ、雨の中を泳ぐように入っていった。
七、八人でいっぱいになりそうな店内には男どうしの客が一組だけ、幸樹くんは厨《ちゅう》房《ぼう》に面したカウンターに座り、なかの女の子と話をしてる。
ところで……わがふーちゃんは……と見れば、幸樹くんにぴったりと身体を押しつけて、「ねえ、ねえ」と催促するように動かしている。二つの肩は重なり、手はかれの腰に回されて、その姿は木にかじりついてる蝉みたい。相当大胆な仕草だ。そしてふーちゃんは目をまん丸に開けて、なかの女の子を見ている。その子はといえば洗い立てのようなすっきりとした顔で、幸樹くんを見ている。シャツからのぞく腕は陽焼けしてマホガニーのようにつややか、見るからに健康そう。比べれば、ふーちゃんはかわいそうなぐらいか細く、青白い。住む世界の違いをはっきりと見せていた。私は隅の椅子に斜めに座り、身体をちぢめた。

「会いたかったよ、君に」

幸樹くんはずばりと言った。「もう、だめかと思ったよ。名字も住所も、わすれちゃったから」

「ほら、またこれだ」

女の子は素っ気ない。でもどこかに笑いがまじっている。

「いっつも、忘れられるわたくしでーす」

「ごめん。でも来たよ、ね、ほら、ちゃんと」

「はい、カレー」

女の子はお皿をカウンターにのせた。幸樹くんはくるんであった紙ナフキンをはずして、スプーンを持ちかえると、二日前の夜のように、すぱりすぱりと大きく口を開けて食べ始めた。

「沼の名前だけ覚えてた。『片目沼』ってへんな名前だったから」

「わたしの名字は『片沼』、わたしんちの沼だから『片目沼』。目のような形してるんだ、この沼」

「ツミちゃんのほうはちゃんとおぼえてたよ。でもさ」

「これだよ。それで会いたかったって？　信じられないな。まあ、ありがたいけどさ。でもよく電話がわかったね」

「スタンドで教えてもらった。ねえ、ツミちゃん、ここにずっといるつもり？」

「うん。あのケツのいたくなるライドは、もうあきた。幸樹くん、まだやってるの？」

「おれも、やめた。でもバイクは好きだし、旅好きだし。ゆっくり目に走ってるんだ」

「でも、なつかしいよ！」

ツミちゃんは表情をうごかさずに、そういって、奥歯をぎゅっと嚙《か》んだ。なにが、なつかしいんだろう。でもその顔から隠しようもなくうれしさがこぼれてる。

「君、ひとり？」

「まあね。母親はとっくにいないんだけど、親父は具合悪くて、病院に入ってるの。わたし、ひとりっ子だから。もうやんちゃは終わり」

「えらいね」

「やめてよ。楽しくなくっちゃ、やんないよ。どこにだって、一個ぐらいは楽しいこと、あるからやってるのよ」

ツミちゃんはそう言うと、私に気がついて、背伸びして、声を高くした。

「あっ、すいませんおきゃくさーん、何にしましょう」

「コーヒー」

私が答えると、幸樹くんがびっくりしたように振り向いた。

「イコさん、イコさんじゃない。どうしたんですか。帰らなかったんですか？」

「くくく、後つけてたの」

私はおおげさに首をすくめて見せた。

「ほんとに？」

「ざんねん。違う。道に迷ったのよ」

私はそっとふーちゃんを見た。じーっと下を向いたまま、背中をまるめて、いないふりしてる。常にない態度だ。だれにも見えないのだから、すっとんで、私にかじりついても良さそうなのに、少しは申し訳ないと遠慮しているのかしら。いや、そうは見えない。心が一点に集中していて、まったく余裕がないのだ。まわりのことはなんにも見えてないのだ。一途っていえば、ロマンチックだけど、今にもきれそうな糸のように心を張りつめてる。

「入ってらしたの気がつかなくって。幸樹くんのおしりあいなんですか？」

「ええ、まあ。たすけてもらったの。事故ってね。幸樹くんは恩人なの」

「ツミちゃん、このイコさん、格好《かっこ》いいでしょ。すごいんだ。運転うまいんだよー、おそろしく」

幸樹くんがそばから口をはさむ。

「いいですねえ。楽しそうで」

ツミちゃんも言った。

「ええ、このままバイクで天国まで行きそうよ」

私はわらった。

「いいよねえ。どう、ツミちゃんも、イコさんみたいな、高貴なライダーめざすっていうのは」

「高貴？　冗談でしょ」

私は照れてくいっと肩をあげる。

「私みたいなめちゃくちゃライダーには高貴なんてむりむり。今でも乗るのは好きだけど……あばれんぼだから……修正はきかないわよ」

「やろうよ、いっしょに」

幸樹くんが乗りだして、ツミちゃんの手を握る。ふーちゃんがからめた手をひゅっと引っ込める。

「いいけど……」

こっちは相変わらずそっけない。

「おれ、学校に戻っても、週末は飛ばして来るよ。ツミちゃんもこっちから走って。どこかで会うっていうのどう？」

「週末はいそがしいのよ。こんなとこでも魚つりのお客さんがきてくれるから」

「そうか……。じゃ、おれが来るよ」

「それって、幸樹くんのくちぐせね。ストレートで、強烈なんだ。うれしいけど、なぜかそうならない。毎度そう言われてもな、毎度のことだから、迫力に欠けるんだよね。でも、こうして会えたから、ま、ラッキーチャチャチャかな」

ツミちゃんの顔が開いた。まるで凍った花がとけて、今にも満開になりそう。

私はコーヒーを口にあて、首を曲げて、そっとふーちゃんを見た。

いない！

思わず立ち上がる。

「忘れ物しちゃった！」

私はお金を払うと、横に置いたヘルメットを抱えて、戸口に走った。

「イコさん、雨降ってますよ。ぼくがかわりに取ってきてあげますよ」

幸樹くんが追いかけてくる。

「大丈夫。カッパもあるから」

「でも、……」

「久しぶりに会えたんでしょ。おしゃべりしたら」

私は彼を押しかえし、外に飛び出した。

雨は多少小降りになっていた。雨ガッパをかぶり、バイクのエンジンをかけて、飛び出す。ぬれた草からしぶきがあがる。松の林をぬけて、まだ続く細い道を走る。ヘルメットのカバーをあげて、やみくもに走る。ふーちゃんを探して、探して。目に付く小道を一つ一つ、入っては、出て、また入る。まさか自殺ってことはないだろう。ゆうれいなんだから。

私がいたことに気がつかないはずがない。一言もなく消えるなんて。

こんな雨の中で、どうしているのだろう。走り続ける。目に入るかぎりの小道を探して回る。

いた！

松林のなかの腐れかけた切り株に、ふーちゃんはしょんぼりと座っていた。今にも消えていきそうに体が薄くなっている。

「ふーちゃーん」

私はバイクを止め、ころがるように走っていった。

ふーちゃんがはっと顔をあげ、びっくりするような大きな泣き声をあげ、私の胸に飛び込んできた。

「心配したわよ」

私は透きとおった肩を抱いて、のぞきこんだ。

ふーちゃんは私にしがみつき、したをむいたまま、しゃくりあげるだけで、何も言わない。

「泣いてもいいよ。泣きなさい。ふーちゃんたらそんなに泣くなんて、こっちの世界の人に戻ったみたい」

「あたし、幸樹くんが好きになっちゃったの。いっしょにいたいの。戻りたいの、こっちの世界に戻りたいの」

しゃくりあげながら、絞り出すように言った。

「それわかってた。ペンションからいなくなったとき、すぐわかったわ」

「あたしね、胸がどきどきしてね、苦しくってね。こんなのはじめて。それにとっても寂しかった。ゆうれいだからね、もともと寂しいんだけどさ、それとは違う。寂しいの」

これだけわかっているのだったら、言う言葉はない。十二歳のめちゃくちゃな気持ちがいとおしい。私はだまって彼女を抱き、手で背中をたたいた。抱きながらふと思う。毎度のことながら複雑な心境。

「イコちゃん、手がとどかないって、つらいよ。どんなに悲しいかわかる？」

わかる、わかる。同じような悲しみを私も知ってる。

「悲しくって、悲しくって。一生懸命に話しかけたんだけど、あたしの言葉はきこえないのよ。バイクで走っている間、何回も、何回も言ったの、幸樹くんが好きだって。でも答えはないの。あたしのことも話したのよ。ぜんぶ。でもきこえないの。これって、悲しいよ」

「うん、うん」

私はうなずくばかりだった。でも、片方で私は驚いていた。ゆうれいの告白って驚くほど直球。

「わかるよ。でもそんなにべそべそしないの」

ついことばがお説教めいてきた。

「ゆうれいはね、きつねじゃないんだから、変身はできないのよ、あっ、だけどさ、見えた時あった。ふーちゃん、幸樹くんを追いかけてた時、見える人になってたじゃない」

「イコちゃん、見てたの？」

「ええ、どうなるのかと思って、どきどきしちゃった。ふーちゃんたら、見えたり、見えなかったりしてた」

「うん、気持ちが強い時ね。どうにかしなけりゃって思った時ね。ふしぎとなれたの」

「なら幸樹くんにも、そうしたらよかったのに」

「だめ。こわくって、そんなことできない。あたしを見てきらわれたら、これはすべての終わりだもの。でもね、幸樹くんはさっきのあの子が好きなの。会うまえから、うきうきしているのわかったもの」

「ふーちゃんはかわいいよ。だれだって、一目で好きになると思うわ」

「ありがとう。うれしいけど、ゆうれいは、ゆうれいだもん。道夫さんだって、どうにもならなくって、あきらめたじゃない。いっくら好きでも、どうにもならないの。それはわかってる。ゆうれいの運命はかなしい」

ふーちゃんの目はまた涙でいっぱいになった。

「ふーちゃん、まだ十二でしょ。これからいいこと……」

私は言いかけて口をつぐんだ。あとが続かない。

「でもね、このドキドキした気持ちって、かなしいだけじゃなかった。こんなあたしでもわくわく嬉《うれ》しい気持ち感じた。好きになるって、嬉しいね」

「そうね、幸せなことよね。心がときめくなんて。生きてる人でもみんなが、みんなそういうわけにはいかないもの」

私は自分の昔を思って、目を空に向けた。若い時の悲しさって、すべての終わりじゃない。いつもどこかに光があって、つながっているように思えるものだ。でも、ふーちゃんにはそれがない。

「ねえ、ふーちゃん、取りかえっこしてみようか」

「……」

ふーちゃんが怪訝《けげん》そうに顔をあげる。

「二人が願いをつよくすればできるかもしれない。私とふーちゃんの世界を、こっちと、むこうを、取りかえっこするのよ」

「え、それってあたしがイコちゃんになるってこと？」

「そう、生きてる人になるの」

「ゆうれいやめて……？」

ふーちゃんの目がうろうろと、したを向いた。両手の指をいそがしく何度もからませて、じっとそれを見ている。しばらくしておずおずと顔をあげた。

「あたし……あたし……わるいんだけど、十二歳のほうがいいかも、ごめんね」

ああ、これだよ！

「そうよね、七十四じゃね」

私はいささかむっとしていた。つい、皮肉っぽい言いかたになった。でも片一方でまた十二歳になってみるのも……うふふって、私もちょっぴり思っちゃったわけだけど。

しつっこく降り続ける雨を払うように、私は立ち上がった。かんたんなカッパをとおして、しみこんだ雨は冷や汗といっしょになって、靴下のはてまでぐずぐずにぬれてしまった。寒い。

空のたかいところで、雲が引っ張られるように、東に流れていく。

「じゃ、行く？　もう、いい？」

雨が降っても、寒くても、関係ない、しごく便利に出来てる、ふーちゃんに聞いた。

おかっぱ頭が、こくんとうなずいた。

「もう、会わなくってもいいの？」

大きな目がつぶって、開いた。そしてまたゆっくりとつぶって、開いた。


また、二人のいつもの走りが戻ってきた。

最短距離で東京の家に帰ろう。ラストランはもっと長くなるつもりだったけど、もう終わりにしよう。ふーちゃんは鼻歌をうたっていたかと思うと、急にくらい顔になって、下を向いてしまう。

「イコちゃん、あたしがお宅におじゃまするの、ご迷惑じゃない？」

ときどき思いついたようにこんなことを言う。急に丁寧語になるのがおかしい。しかも大人びた言葉に変わるのだ。

「ご迷惑かどうか、やってみようよ」

私はあっさりと答えた。

さいわいになにごともなく走り続け、旅はその日で終わりになるという日の午後、対岸の町を見ながら、私たちは多摩川の土手に座っていた。せみの声がきこえ、とんぼが飛んでいる。でも空気はかすかに秋の気配にかわっていた。遠くで、野球をする子どもの声がする。川を渡る橋の上をひっきりなしに車が行き交っている。

「ねえ、ふーちゃん、この頃、心残りのこと言わなくなったね。もう消えたの？」

「そういえば、そうよねえ。イコちゃんとあってから、あんまり色々なこと起きたから、忘れてた。でも、ある。ときどきけっ飛ばされたように思い出すことある」

「そのままでもいいの？」

「よくはないわよ。ゆうれいっていうのはね、心残りがあるからこそ、ゆうれいなんだもの」

ふーちゃんは胸に手を置いた。

「東京って忙しいとこよ。びっくりするわよ」

私は先細っていくような、二人の間の空気をかえたかった。

「だいたい知ってる」

ふーちゃんはさらりといった。

私だってもてあましちゃうほど激変してるこの世に彼女はあまり驚かない。不思議なことではある。

「自分が変われないから、変わるの見るのが好きなのよ。本当は勉強するの好きなの。途中で止めちゃったからね」

ふーちゃんは口をとがらせて、私を見た。

「子どもの時、マッチ箱を重ねてああいう高い家をつくって遊んだことある。なかにね、椅子や、テーブルの絵なんか描いて。おとうさんに『うまいね』って褒められた。なつかしいな。遠い昔のことだけどさ」

「イコちゃんのおとうちゃんはもういないの？」

「ええ、十年前にね。九十二歳でむこうへいった」

そっと脇に座っているふーちゃんを見る。

「九十二……へー、長生きしたのね。しあわせだった？」

「まあまあだったと思う」

父は再婚した奥さんとは仲が良かった。子どもをかわいがり、戦後はこれといった出来事もなく、健康な一生だった。もしふーちゃんが長生きしてたら、おなじように仲良くすごしたと思う。まあ、でもこのふーちゃんのことだから、十二歳から歳を重ねても、たぶん平凡とはほど遠いご性格してただろうけど……でも父はそれもおもしろがったのではないか。

ふーちゃんは対岸の町をにらむようにしながら、さっきから不気味なぐらい黙っている。

「私の家はね、あそこよりもっとごちゃごちゃしたとこよ。深川ってところの門前仲町。気に入ってくれるとうれしいけどな」

私は話しかけてみる。

と、ふーちゃんの身体が突然、前のめりになって、言葉が口から飛び出した。

「あ、あたし、思い出した。あたし、まだ死んでなかった。そう、そうよ。幸樹くんとの気持ちみたいに、どきどきしたことあった。苦しいぐらいに好きになったの。息が出来ないくらい好きになったの。そう、こんなふうに、あたしたち、土手に座っていたの」

「あたしたちって、だれと？」

「コウスケさん」

あっ、出た！

コウスケさんとは、私の父のことだ。今度は私のむねがドキドキしてきた。私の体も前のめりになる。

「それ、いつ？」

「十八の時」

ふーちゃんはこともなげに言う。でも言っているふーちゃんは十二歳。ときどき顔を出す、このくいちがい、どうしよう。でもせっかくちょびっとでてきたこの話、くだらない時間合わせで壊したくない。

ふーちゃんは父とどんな時間をすごしたのだろうか。

「そう、そうよ、コウスケさんはね、二十一だった。うちに泊まっていたの。お客さんだったのよ。東京から焼き物の買い付けに来てたのね。古備前の焼き物。壺《つぼ》とか、お皿とか。ほら、川上のちかくで焼いてるのよ。それの古いのを探してた」

「それなら知ってるわ。有名だもの」

「イコちゃん、あれ好き？　鉄みたいに硬い焼き物よ。たたくと、かんかんって鳴るの。コウスケさんはね、大好きだったの。東京のおおきな骨董《こっとう》屋さんの小僧さんだったのよ。おれは目ききなんだ。いいものがわかるんだって自慢するのよ。そんなに背は高くないんだけど、白い洋服をぴっちっと着て、きゅきゅっと磨いた革靴をはいてた。おしゃれだなーっておもった。そんなお客さんはめったにないから。

今みたいな夏の夕方だったわ。土手をさんぽしようよって、さそってくれたの。あたし、この洋服着て行ったのよ。子どもの時のだから、ちょっと古ぼけて小さかったけど、自分で裾《すそ》を伸ばして身体に合わせたの。どうしても着たかったのよ。それにフランちゃんのをまねして作ってもらった帽子もかぶって。フランちゃんて、あたしのお人形」

ふーちゃんは洋服の裾を、広げてじっと見ている。

「それじゃまるっきりお人形さんね」

「まあね。とっても変わった格好だったのよね。だからあたし、近所では変な子って言われてた。ガイジン、ガイジンって。でもあたしの一番のお気にいりだったの。それをね、コウスケさんは一目見るなり、『いいね』って言ってくれた。ぴったり似合ってるって、すごく可愛く見えるって。ふるえちゃうほどうれしかった」

ふーちゃんの目がぴかぴかと光り出した。ぷくんとした唇もぬれている。相変わらず向こうの景色がすけてみえる体なのに全体がぐっとみずみずしい。

「だからこの洋服はね、一番大切な洋服なのよ。だから、ゆうれいになっても、きてるの」

「いい話」

私はおもわず声を詰まらせた。あの写真には長い年月を経て、私をあの家まで導くほどの熱い想いが込められていたのだ。

ふーちゃんの物語の中心が姿を現し始めている。

「ねえ、イコちゃんも、あたしみたいに男の人に夢中になったことある？」

「もちろんあるわよ」

「でもあたしほどじゃないと思うな」

ぷっ、まったく、もー。自慢したいんだ。私はちょっとむきになる。

「私が好きになった人はね、同級生だった。ケンちゃんだったかな、シンちゃんだったかな……」

「へっ、名前、わすれちゃってる。あたしはちゃんと憶《おぼ》えてたわ」

ふーちゃんは、ぐっと肩をあげて、得意になっている。

「それは、いくつのとき？」

「十二だったかな」

「わー、ませてるう！　あたしは十八よ」

ふーちゃんはいっそう大きくあごをしゃくって、威張って見せた。

ああ、これだよ。ちょっと前、幸樹くんにあんなに夢中になったのは、同じ十二歳のあなたですよ。赤ちゃんみたいにべそべそと泣いたくせに。

私は少しむきになり、昔のことを話し始めてしまう。

「ちゃんと憶えてるわよ。私たちね、いつも近くの三階建ての建物のね、裏階段で会ってたの。二人だけの秘密の場所よ。そこにね、手紙をおいとくのよ。それが会おうって合図。嬉《うれ》しくって、待てないほどのきもちだったのに、会えば、ならんで座って、何も言わずに、目を見て、目を見て、手を握って、手を握って、それだけ。あたりが暗くなると、もっと強く握って。いたいほど握って、それからうちに帰った」

「それだけ？」

「すっごく熱かったわ。言葉なんていらないもん」

「へー、コウスケさんとあたし、いつもたくさん話した。会ってから、別れるまで。なにからなにまで」

ふーちゃんは自慢ぽく私をのぞきこんだ。

「それに、くちづけもした。何回も、何回も」

真っ暗な土手に座っている二人の姿が目に浮かぶ。

「そしたらおとうちゃんに見つかっちゃって、大騒ぎ。それで、あたし、覚悟の家出しちゃったの。東京までよ。深川、門前仲町……。あれ、イコちゃんのうちもそこだったよね」

そういうと、ふーちゃんはおおきく口を開け、それをゆっくりしめると、「イ、コ、ちゃん」とつっかえながらつぶやいた。そのあとことばが続かない。ぼーぜんと私を見ている。

それから「ニコちゃん」とまた、つぶやいた。それは私の妹の名前だった。

おどろいてかーっと見開くふーちゃんの目、両手をきゅっとにぎりしめて、ふるえている。

私はバッグから、写真を取り出して、そっとふーちゃんの前に差し出した。

ひゅーとも、きゅーともしれない小さな音が、ふーちゃんの体の中でした。

「この写真が、私をあなたのところに連れてきてくれたのよ」

ふーちゃんは息を止めたようにして、写真を見つめ、裏がえして、「あ、十二歳、だって」と言った。

「写真はみんな戦争で焼けて、たった一枚しか残っていなかったの。それもついこの間見つけてね、まだ写ってるこの家あるかなって思って、それで川上まで走って行ったの。そしたら写真のあなたがうちから出てくるじゃないの」

「あ、それじゃ、あたし、イコちゃんのだれ？」

「おかあさん」

「え、いやだ。おかしいよ。歳がさかさまだもの」

ふーちゃんはとってもこまったというふうに、私の頭から、足さきまで、目を走らせた。それから、おそるおそる「ほんと？」と言った。声がかすれて、のどの奥がぐすぐす言ってる。

「ニコちゃんは、私の妹よ。ふーちゃんの二人目の子ども。十八の時に、外国行ってね、向こうの人と結婚して、子どもが八人、孫が十五人、ひ孫が二十三人。旦那《だんな》さんには死なれたけど、にぎやかに暮らしてる」

「そんなに！　あの子、おっぱいのんでたんだわ……」

ふーちゃんは遠くを見ている。土手のみどりをうつした透きとおった目をまっすぐ遠くへのばしている。しあわせだった、その頃をやっと思い出したのだろう。

ふーちゃんはだまって、両手を広げると私を抱きかかえた。ふんわり、やわらかく、あたたかい。

「ああ、よかった。思い出した。あたしのイコちゃんに会えた。ニコちゃんも長生きしてにぎやかに暮らしてるのね。ああ、よかった。ふたりともかわいかったわ」

息とも、声ともつかぬ言葉が、耳もとで聞こえる。

やっと五歳のとき失ったものが戻ってきた。

それからふーちゃんは身体をはなし、

「会えたのね、あたしたち」どこかに宣言するように、はっきりと言った。

「ちょっとあべこべだけど……」

くすっと笑う。

「それで、あたし、だれと結婚したの？」

「やだ、忘れちゃってるの？　だれかな、かな……さあさあ、あてていただきやしょう」

私は子どもの時よくきいた歌舞伎の言葉をとっさに思い出して言った。こういう時しめっぽいのは避けたい。

するとふーちゃんも「承知しやした」と、もみ手しながら、大きな声を出した。

「そいつは、コウスケさんに、決まってらあねえ！」

私はふーちゃんに抱きつき、それから二人で、土手から転げ落ちそうになるぐらい笑った。

コウスケさん、コウスケさん、聞いてる？　聞いてるよね。私は笑い声にまぎらせて、何度も叫んだ。

「そうよね。ふーちゃん、コウスケさんのために、覚悟の家出したんだものね」

「そうだ、東京の絵の学校にいくのやめたんだ。じゃ、あたし、門前仲町にすんでたの？」

「そうよ。戦争でうちは焼けちゃったけど、町はちゃんとある。でも、コウスケさんはね、九十二のとき、向こうの世界にいったわ」

「ふーん、ちゃんと死んだのね。よかった。でも、あたしがいなくなったから寂しがったでしょ」

「ええ、しばらくはとってもね。だけどまた結婚してね、その人と仲良く暮らしてた」

「そう」

ふーちゃんの目がかっと見開いた。でもすぐしばしばとまたたくと、「で、その奥さんは？」と内緒話するような声で聞いた。

「コウスケさんよりちょっと先に旅立った。だってふーちゃんは死んじゃったんだもの、ね。仕方がないわよね。コウスケさん、まだ三十三だったし、一人じゃかわいそうだもの」

「よかったって思うよ。とってもよかった。コウスケさんに、また仲良しができて。

それわかったら、あたしはとっくに向こうに行ってたのに」

「えっ」

今度は私の口で、声がひっくり返った。

「ふーちゃんの心残りはおとうさんだったのか……」

私は思わずつぶやいた。当てがはずれて、いささかへこむ。

「だって、コウスケさんがあたしの幸せな思い出全部つくってくれたんだもの」

「じゃ、心残りはなくなったということ？」

「うん。思い出にかわった」

小さな頭がこくりと動き、手を胸に置く。

「ぼーとしたゆうれいで、はずかしい。忘れちゃってたなんて」

ふーちゃんは顔をしかめる。

「まったくよ！　あきれちゃうわ。でもしょうがないね、この写真のせいよ、十二歳なんだもの」と私はなぐさめる。

「でも残っていてよかった。この写真は魔法みたいにあたしのたいせつなもの、見せてくれた。このなかにあたしの全部が詰まってる」

ふーちゃんは写真を手に取って、ぎゅっとおでこに押しつけた。

「私の全部もよ」

私はふーちゃんの肩を引き寄せて、写真をのぞきこんだ。

ハハオヤを知りたいという私の長年の思いは、完璧《かんぺき》にかなったとは言えないけど、すくなくとも母の十二歳はどんな人だったかわかった。このあきれるほどくったくのない女の子から、私は生まれたのだ。

ふーちゃんがすくっと立ち上がった。

「そろそろあたしも向こうへ行かなくちゃ」

「ちょ、ちょっとひどいじゃない。私をまた一人にするつもり」

私はあわてて前のめりになった。写真を見せれば、ふーちゃんが自分の人生を思い出すのはわかっていたはずだ。わかるということは、こういうことが起こることでもあった。

ふーちゃんはゆっくり首をふる。

「もっといたいけど、欲張ったら切りないもの。死んだあと、こんな楽しい思い出まで持てたゆうれいなんていないと思う。あたしは、最高の幸せものよ。だけど運命は変えられないわ」

この人に二回も取り残されるなんて、私には耐えられない。小さな子どもになったように、心が騒いだ。

「ふーちゃん、まだ心残りあるはずよ。ほら、ニコちゃんにもまだ会ってないじゃない」

だだっこのようにふーちゃんの手を引っ張る。

「……」

ふーちゃんの目がふっと暗くなる。

「だって、あたし、ゆうれいよ。ニコちゃんに会いたいし、イコちゃんともいっしょにいたいし、でもあたしいつになってもゆうれいよ。それは受け入れなきゃ。昔には戻れないのよ」

「戻ることないわ」

「じゃ、どうしたらいいのよ」

ふーちゃんは動きをとめて、息をついた。

「戻らないで、すすむのよ」

とっさに一言飛び出した。私は自分でも訳のわからないことを口にしている。

「バイクで……？」

「バイクでも、なんでもすすむの」

ふーちゃんはすわりなおして空を見上げた。

「そうねえ、むこうへ行っても、コウスケさんのそばには、奥さんがいるんだものね。おじゃまよね」

くっ、例によって風むきが変わってきたみたい。毎度のふーちゃんが顔を見せ始めた。この性格、本当に私を救ってくれる。

「ふーちゃん、川上で言ったじゃない。むこうに行くときはイコちゃんといっしょに行こうね、って」

「そんなこと言った？」

「はっきり言いました。ゆうれいのくせに、自分の将来が楽しみって、言ったこともあったわよ。あなたは将来を夢見る夢子さんなのよ」

「それってうちの血筋よね。おとうちゃんも将来は明るいぞーって、いつも言ってた。その割りには明るくならなかったみたいだけど。でも楽しそうで、みんなが楽しくなった」

「そう、ふーちゃんも楽しくしててよ。見ていたいの、ふーちゃんの将来を」

「じゃ、イコちゃんといっしょに暮らせる？」

「もちろん。七十四歳と十二歳。いいじゃない。だれも文句は言わないわ。今は今よ。

どうどう私たちの血筋通しちゃおうよ」

「くくく」

ふーちゃんは肩をすくめて、笑った。下駄が小石にあたったのか、足元でこちっとなった。すっかりもとのふーちゃんに戻っている。

やっと会えたハハオヤは、まったくもってやんちゃなお嬢ちゃんだった！

これからは、ゆうれいで、ハハオヤで、娘のようで、同居人。昔が未来になって、未来は昔になっていく。七十四歳が娘で十二歳がハハオヤ。見えたって、見えなくったって、あまり変わらない。私には見える。私には存在している。いっしょに生きていこう、素敵じゃないの。

私は立ち上がって、おしりに付いた草を払った。

「さ、行こうね、うちへ」

オオタくんは、軽やかなエンジン音を上げて、橋を渡り、東京に入っていった。

私のラストランは、私たちふたりの始まりに続いていた。

本書は二〇一一年一月に小社より刊行
された単行本を文庫化したものです。

ラスト ラン

角野栄子《かどのえいこ》

平成26年 1月25日　初版発行
令和3年 4月20日　8版発行

発行者●堀内大示

発行●株式会社KADOKAWA
〒102-8177　東京都千代田区富士見2-13-3
電話　0570-002-301（ナビダイヤル）

角川文庫 18343

印刷所●株式会社暁印刷
製本所●株式会社ビルディング・ブックセンター

表紙画●和田三造

●お問い合わせ
https://www.kadokawa.co.jp/（「お問い合わせ」へお進みください）
※内容によっては、お答えできない場合があります。
※サポートは日本国内のみとさせていただきます。
※Japanese text only

ISBN978-4-04-101177-5　C0193

◇◇◇

角川文庫発刊に際して

角川源義

第二次世界大戦の敗北は、軍事力の敗北であった以上に、私たちの若い文化力の敗退であった。私たちの文化が戦争に対して如何に無力であり、単なるあだ花に過ぎなかったかを、私たちは身を以て体験し痛感した。西洋近代文化の摂取にとって、明治以後八十年の歳月は決して短かすぎたとは言えない。にもかかわらず、近代文化の伝統を確立し、自由な批判と柔軟な良識に富む文化層として自らを形成することに私たちは失敗して来た。そしてこれは、各層への文化の普及滲透を任務とする出版人の責任でもあった。

一九四五年以来、私たちは再び振出しに戻り、第一歩から踏み出すことを余儀なくされた。これは大きな不幸ではあるが、反面、これまでの混沌・未熟・歪曲の中にあった我が国の文化に秩序と確たる基礎を齎らすためには絶好の機会でもある。角川書店は、このような祖国の文化的危機にあたり、微力をも顧みず再建の礎石たるべき抱負と決意とをもって出発したが、ここに創立以来の念願を果すべく角川文庫を発刊する。これまで刊行されたあらゆる全集叢書文庫類の長所と短所とを検討し、古今東西の不朽の典籍を、良心的編集のもとに、廉価に、そして書架にふさわしい美本として、多くのひとびとに提供しようとする。しかし私たちは徒らに百科全書的な知識のジレッタントを作ることを目的とせず、あくまで祖国の文化に秩序と再建への道を示し、この文庫を角川書店の栄ある事業として、今後永久に継続発展せしめ、学芸と教養との殿堂として大成せんことを期したい。多くの読書子の愛情ある忠言と支持とによって、この希望と抱負とを完遂せしめられんことを願う。

一九四九年五月三日

角川文庫ベストセラー

魔女の宅急便　全六巻　角野栄子

ひとり立ちするために初めての町にやってきた13歳の魔女キキが、新しい町で始めたのは宅急便屋さん。相棒の黒猫ジジと喜びや哀しみをともにしながら成長していく姿を描く、児童文学の世界的ロングセラー。

きみが見つける物語　十代のための新名作　スクール編　編／角川文庫編集部

小説には、毎日を輝かせる鍵がある。読者と選んだ好評アンソロジーシリーズ。スクール編には、あさのあつこ、恩田陸、加納朋子、北村薫、豊島ミホ、はやみねかおる、村上春樹の短編を収録。

きみが見つける物語　十代のための新名作　放課後編　編／角川文庫編集部

学校から一歩足を踏み出せば、そこには日常のささやかな謎や冒険が待ち受けている――。読者と選んだ好評アンソロジーシリーズ。放課後編には、浅田次郎、石田衣良、橋本紡、星新一、宮部みゆきの短編を収録。

きみが見つける物語　十代のための新名作　休日編　編／角川文庫編集部

とびっきりの解放感で校門を飛び出す。この瞬間は嫌なこともすべて忘れて……読者と選んだ好評アンソロジーシリーズ。休日編には角田光代、恒川光太郎、万城目学、森絵都、米澤穂信の傑作短編を収録。

きみが見つける物語　十代のための新名作　友情編　編／角川文庫編集部

ちょっとしたきっかけで近づいたり、大嫌いになったり。友達、親友、ライバル――。読者と選んだ好評アンソロジー。友情編には、坂木司、佐藤多佳子、重松清、朱川湊人、よしもとばななの傑作短編を収録。

角川文庫ベストセラー

きみが見つける物語
十代のための新名作　運命の出会い編
編／角川文庫編集部

部活、恋愛、友達、宝物、出逢いと別れ……少年少女小説の名手たちが綴った短編青春小説6編を集めた、極上のアンソロジー。あさのあつこ、魚住直子、角田光代、笹生陽子、森絵都、椰月美智子の作品を収録。

不思議の扉
時をかける恋
編／大森　望

不思議な味わいの作品を集めたアンソロジー。ひとたび眠るといつ目覚めるかわからない彼女との一瞬の再会を待つ恋……梶尾真治、恩田陸、乙一、貴子潤一郎、太宰治、ジャック・フィニイの傑作短編を収録。

不思議の扉
時間がいっぱい
編／大森　望

同じ時間が何度も繰り返すとしたら？　時間を超えて追いかけてくる女がいたら？　筒井康隆、大槻ケンヂ、牧野修、谷川流、星新一、大井三重子、フィッツジェラルド描く、時間にまつわる奇想天外な物語！

不思議の扉
ありえない恋
編／大森　望

庭のサルスベリが恋したり、愛する妻が鳥になったり、腕だけに愛情を寄せたり。梨木香歩、椎名誠、川上弘美、シオドア・スタージョン、三崎亜記、小林泰三、万城目学、川端康成が、究極の愛に挑む！

不思議の扉
午後の教室
編／大森　望

学校には不思議な話がつまっています。湊かなえ、古橋秀之、森見登美彦、有川浩、小松左京、平山夢明、ジョー・ヒル、芥川龍之介……人気作家たちの書籍初収録作や不朽の名作を含む短編小説集！

角川文庫ベストセラー

西の善き魔女1 セラフィールドの少女　荻原規子

北の高地で暮らすフィリエルは、舞踏会の日、母の形見の首飾りを渡される。この日から少女の運命は大きく動きだす。出生の謎、父の失踪、女王の後継争い。RDGシリーズ荻原規子の新世界ファンタジー開幕！

西の善き魔女2 秘密の花園　荻原規子

15歳のフィリエルは貴族の教養を身につけるため、全寮制の女学校に入学する。そこに、ルーンが女装して編入してきて……。女の園で事件が続発、ドラマティックな恋物語！ 新世界ファンタジー第2巻！

800　川島　誠

優等生の広瀬と、野生児の中沢。対照的な二人の高校生が走る格闘技、800メートル走でぶつかりあう。緊張感とエクスタシー。みずみずしい登場人物がおりなす、やみくもに面白くてとびきり上等の青春小説。

帝国の娘（上）（下）　須賀しのぶ

猟師の娘カリエは、突然、見知らぬ男にさらわれ、幽閉された。なんと、彼女を病弱な皇子の影武者に仕立て上げるのだと言う。王位継承をめぐる陰謀の渦中でカリエは……!? 伝説の大河ロマン、待望の復刊！

芙蓉千里　須賀しのぶ

明治40年、売れっ子女郎めざして自ら「買われ」、海を越えてハルビンにやってきた少女フミ。身の軽さと機転を買われ、女郎ならぬ芸妓として育てられたフミは、あっという間に満州の名物女に——!!

角川文庫ベストセラー

初恋ソムリエ　初野晴

ワインにソムリエがいるように、初恋にもソムリエがいる?! 初恋の定義、そして恋のメカニズムとは……お馴染みハルタとチカの迷推理が冴える、大人気青春ミステリ第2弾！

空想オルガン　初野晴

吹奏楽の〝甲子園〟——普門館を目指す穂村チカと上条ハルタ。弱小吹奏楽部で奮闘する彼らに、勝負の夏が訪れた!! 謎解きも盛りだくさんの、青春ミステリ決定版。ハルチカシリーズ第3弾！

僕と先輩のマジカル・ライフ　はやみねかおる

幽霊の出る下宿、地縛霊の仕業と恐れられる自動車事故、プールに出没する河童……大学一年生・井上快人の周辺でおこる「あやしい」事件を、キテレツな先輩・長曽我部慎太郎、幼なじみの春奈と解きあかす！

きまぐれ星のメモ　星新一

日本にショート・ショートを定着させた星新一が、10年間に書き綴った100編余りのエッセイを収録。創作過程のこと、子供の頃の思い出——。簡潔な文章でひねりの効いた内容が語られる名エッセイ集。

きまぐれロボット　星新一

お金持ちのエヌ氏は、博士が自慢するロボットを買い入れた。オールマイティだが、時々あばれたり逃げたりする。ひどいロボットを買わされたと怒ったエヌ氏は、博士に文句を言ったが……。